16	3	2	13
5	10	11	8
9	6	7	12
4	15	14	1

Patricia Duncker

ALUCINANDO FOUCAULT

Tradução
Duda Machado

editora 34

EDITORA 34

Editora 34 Ltda.
Rua Hungria, 592 Jardim Europa CEP 01455-000
São Paulo - SP Brasil Tel/Fax (011) 816-6777

Copyright © Editora 34 Ltda., 1998
Hallucinating Foucault © Patricia Duncker, 1996

A FOTOCÓPIA DE QUALQUER FOLHA DESTE LIVRO É ILEGAL, E CONFIGURA UMA
APROPRIAÇÃO INDEVIDA DOS DIREITOS INTELECTUAIS E PATRIMONIAIS DO AUTOR.

Título original:
Hallucinating Foucault

Capa, projeto gráfico e editoração eletrônica:
Bracher & Malta Produção Gráfica

Revisão:
Magnólia Costa
Alexandre Barbosa de Souza

1ª Edição - 1998

Catalogação na Fonte do Departamento Nacional do Livro
(Fundação Biblioteca Nacional, RJ, Brasil)

Duncker, Patricia
D912a   Alucinando Foucault / Patricia Duncker;
      tradução de Duda Machado. — São Paulo:
      Ed. 34, 1998
      192 p.

      ISBN 85-7326-116-1

      Tradução de: Hallucinating Foucault

      1. Foucault, Michel, 1926-1984 - Ficção.
      2. Ficção inglesa. II. Machado, Duda, 1944-.
      II. Título.

CDD - 823

ALUCINANDO FOUCAULT

*a S.J.D
meu leitor*

ALUCINANDO FOUCAULT

13
CAMBRIDGE

65
PARIS

97
CLERMONT

149
O MIDI

AGRADECIMENTOS

Este livro é uma obra de ficção e portanto se baseia estritamente nas vidas de uma série de pessoas reais que tive o prazer de conhecer. Gostaria de agradecer à equipe e aos pacientes do Sainte-Marie em Clermont-Ferrand, ao verdadeiro Pascal Vaury por seu tempo e conhecimento, a todo mundo na *villa* Saint-Benoît, Berre-Les Alpes, inclusive a Baloo, o guardião da entrada. Jamais poderia ter escrito uma palavra sequer sem o apoio constante, o cuidado prático e a generosidade sem limites de Nicole Thouvenot, Jacqueline Martel e de S.J.D. a quem este livro é dedicado, como sempre, com todo meu amor.

Patricia Duncker
França, 1995

CAMBRIDGE

O sonho desenrola-se da seguinte maneira. Eu estou encarando uma massa de pedras quentes, cinzentas, encimadas por imensas cunhas de concreto, modeladas como caixões. Ao olhar para minha esquerda vejo o mar cintilante, ondulante, a luz captando cada crista. O mar está vazio. É o auge do verão, mas não há ninguém. Não há barcos, nem windsurfistas, nem paragliders, nem nadadores, nem famílias, nem cachorros. As bandeirolas coloridas no pequeno café da praia estão todas hasteadas, soltas ao vento. Os borrifos de água tocam nos barris que sustentam as pranchas do assoalho do café, tábuas descoradas como juncos, lisas sob meus pés. Mas não há ninguém aqui. As mesas estão desertas. O bar está vazio. Os copos estão guardados. Não há ninguém aqui. Sinto o sol em minhas costas. Meus olhos se contraem ante o brilho.

E então vejo que não estou sozinho. Há duas pessoas, um homem e um menino. Estão acocorados nas piscinas formadas pelas pedras à beira-mar. Aqui onde as ondas se levantam com a maré formam-se as piscinas, cheias de pequenos caranguejos transparentes, algas verdes, moluscos de concha, latas velhas, areia fresca. Eles não se mexem. Estão examinando a piscina com tremenda concentração. O menino está com a mão parada na piscina rasa e quentes. O cigarro do homem está parado em sua mão, a cinza suspensa. Ele está muito concentrado, esperando que a criança tenha êxito. Eles não me vêem. Eu não me mexo. Sinto o sol nas minhas costas. Cheiro o mar, a luz branca jorra gloriosa sobre eles.

Então — e este é o único movimento que vejo — a criança já achou aquilo que procurava e está retirando-o da piscina. Não posso ver o que achou. Não vejo nada, a não ser sua mão

Alucinando Foucault

se erguendo, seus cachos caindo enquanto se volta para o homem, sorrindo, triunfante. E vejo no olhar quente do homem a cumplicidade de amantes, a amizade de muitos anos, a obra de uma vida compartilhada, o trabalho realizado em conjunto, encontros em restaurantes, em lugares públicos, uma intimidade conquistada, a promessa de milhares de coisas que podemos dar um ao outro quando há amor, honestidade e confiança entre nós. Não sei na lembrança de quem eu entrei. Isto não está escrito em nenhum livro. Começo a gritar. Estou tremendo, histérico, perturbado. No sonho eu corro na direção deles para deter esse momento no tempo, para sustar a corrupção da mudança, para trancá-los para sempre na grata alegria do companheirismo e da afeição, através do abismo em suas vidas e na minha. Aquele olhar entre eles brilha, congelado para sempre nas pedras quentes, encharcadas. Estou acordado, suando, gritando, consumido pelo horror daquilo que sou incapaz de prevenir.

Às vezes perco a noção do que aconteceu no verão de 1993. Tenho apenas esses sonhos maus, recorrentes.

Me formei em Cambridge. Estudei francês e alemão. No meu último ano especializei-me em francês moderno, lingüística e literatura. Também escrevi uma monografia sobre a história moderna da França. Preciso dizê-lo já que isso explica por que me envolvi tanto neste caso. Já era meu principal interesse, minha paixão intelectual, se preferir assim. Não explica por que se tornou tão pessoal. Ou talvez sim. Veja, quando decidi continuar com meus estudos e fazer o doutorado, eu estava assumindo um compromisso real, não apenas com minha escrita, mas com a dele. Escrever uma tese é uma atividade solitária obsessiva. Você vive dentro de sua cabeça, e em mais nenhum outro lugar. As bibliotecas universitárias são como asilos de loucos, cheias de pessoas perseguindo espectros, premonições, obsessões. A pessoa com quem você passa mais tempo é aquela sobre quem você está escrevendo. Há quem escreva sobre escolas, grupos de artistas, orientações históricas ou tendências políticas. Havia alunos formados ocupando-se com esse tipo de coisa naquele ano, mas geralmente uma figura central emerge. No meu caso era Paul Michel. Todo mundo já ouviu falar de Paul Michel, de algum modo. Ele escreveu cinco romances e uma coletânea de contos entre 1968 e 1983. Seu primeiro romance, *La fuite*, traduzido para o inglês sob o título de *Escape* em 1970, era um texto obrigatório no curso sobre romance francês moderno quando eu estava na graduação. Ganhou o Prix Goncourt em 1976 com *La maison d'été*, que todos os críticos consideram seu livro mais perfeito. Não chego a discordar. Tecnicamente, é mesmo; é um livro que lida com temas clássicos, a família, a herança, o peso do passado. Parece um livro escrito por um homem de setenta anos que passou sua vida na paz e na meditação. Mas Paul Michel não era assim. Era o rebelde de sua geração. Era notícia. Estava dentro da Sorbonne em 1968, jogando coquetéis Molotov no CRS[1]. Foi preso sob suspeita de terrorismo em 1970. E houve rumores sobre a intervenção do Elysée[2] para que fosse solto. Há quem diga que ele pode ter sido membro da Action Directe[3]. Mas não creio. Embora suas declarações políticas públicas fossem suficientemente extremistas. Seja como for, nunca foi entrevistado em studios ou apartamentos, como em geral acontece com os escritores, com a estante de livros e estátuas africanas atrás deles. Não consigo me lembrar de nenhuma imagem dele feita dentro de casa. Estava sempre do lado de fora, nos cafés, na ruas, encostado em carros, montado na garupa de uma bicicleta motorizada, olhando para uma paisagem de pedras brancas, pequenos arbustos e pinheiros copados. Era mais do que bem-apessoado. Era bonito. E homossexual.

[1] CRS: Centre de Recherches Sociales. (N. do T.)
[2] Champs Elysée, residência do presidente da república. (N. do T.)
[3] Action Directe: grupo de esquerda radical. (N. do T.)

Alucinando Foucault

Era declaradamente homossexual, suponho. Ao ler todas as entrevistas que deu, observei que insistia em sua sexualidade com aquele teor agressivo característico da época. Mas nunca houve nenhum nome associado ao dele. Nunca teve um companheiro fixo, como alguns escritores gays. Estava sempre só. Parecia não ter família, nem passado, nem conexões. Era como se fosse o autor de si mesmo, um homem sem parentesco. Alguns críticos assinalaram, sempre achei que de maneira condescendente, que a homossexualidade era apenas um dos temas de sua obra e que ele não podia ser considerado meramente um escritor gay. Mas eu achava que isso era central. Ainda acho. Suas perspectivas sobre a família, a sociedade, o amor heterossexual, a guerra, a política, o desejo, eram sempre as de um marginal, um homem que jamais investiu em nada e que, portanto, nada tinha a perder.

E eu tinha uma outra pista com a qual podia construir minha imagem de Paul Michel. Numa de suas últimas entrevistas a uma revista americana, o *New York Times Review of Books*, eu acho, quando *Midi* foi publicado em inglês, perguntaram-lhe qual o escritor que mais o influenciara. E ele respondeu, sem hesitação, Foucault. Mas não fez mais nenhum comentário.

Naturalmente, Paul Michel era um romancista e Foucault era um filósofo, mas havia elos excepcionais entre eles. Ambos estavam preocupados com vozes marginais, emudecidas. Ambos foram cativados pelo grotesco, pelo bizarro, pelo demoníaco. Paul Michel tirou seu conceito de transgressão diretamente de Foucault. Mas, estilisticamente, pertenciam a pólos separados. As narrativas imensas, densas e barrocas de Foucault, cheias de detalhes vivos, eram como quadros de Hieronymus Bosch. Havia uma imagem, um tema convencional, uma forma presente no quadro, mas a textura se tornava vívida com efeitos extraordinários, surreais, perturbadores como olhos que se tornassem rabanetes, cenouras, como delícias terrenas que se tornassem fantasias de tortura com cascas de ovo, ferrolhos e cordas. Paul Michel escrevia com a clareza e a simplicidade de um escritor que vivia num mundo de medidas precisas e cores absolutas, um mundo em que cada objeto merecia ser levado em conta, desejado e amado. Via o mundo inteiro, mas de um ângulo oblíquo. Não rejeitava nada. Foi acusado de ser ateu, inescrupuloso, um homem sem valores. Seus críticos mais atentos — e hostis — viam-no como um escritor que encara cada acontecimento com a indiferença estóica de um destino aceito, cujo engajamento político não era mais do que um gesto existencial, um homem sem moral ou fé.

Decerto era verdade que sua vida política e a vida de seus escritos pareciam estar divididas por uma fissura. Estava pessoalmente comprometido com a esquerda radical, mas sua escrita remetia às tradições clássicas, ao que poderia ser descrito como um elitismo olímpico. A elegância de sua prosa estava carimbada com a altivez da indiferença. Sua vida estava comprometida com sua época; sua escrita era a de um aristocrata que possuiu terras durante séculos, que sabe que seus camponeses são leais e que nada irá mudar. Era uma contradição misteriosa. Isto não era verdade em relação a Foucault; se tivesse que escolher um dos dois para ser meu companheiro nas barricadas teria escolhido Foucault. Ele era o idealista; Paul Michel era o cínico.

Seja como for, a escrita e a política têm muito pouco a ver uma com a outra na tradição inglesa. Ou pelo menos não se ligam desde a morte de Winstanley[4] e John Milton[5]. Eu não

---

[4] Gerard Winstanley (1608?-60) foi líder do grupo de comunistas agrários ingleses conhecidos como Diggers. Fundou a colônia igualitária de Digger de curta duração (1649-50). Escreveu panfletos e é autor de uma espécie de tratado utópico: *The law of freedom in a platform* (1652). Foi partidário da "Commonwealth" de Oliver Cromwell, assim como o poeta John Milton. (N. do T.)

[5] John Milton (1608-1674), o autor de *Paradise Lost* e *Samson Agonistes*. Milton foi um defensor da "Commonwealth" em pequenos escritos políticos. (N. do T.)

queria ficar atolado no liberalismo aflito. Li tudo de E.M. Forster[6] no meu último ano de faculdade. Ele exerceu um efeito pavoroso sobre mim. Acho que foi por isso que acabei me envolvendo com os franceses. Eu estava saindo com uma germanista quando comecei minha pesquisa sobre Paul Michel. Era uma mulher de olhar penetrante, um pouco mais velha do que eu. Eu a vi pela primeira vez na sala de livros raros da biblioteca da universidade. Tinha cabelos castanhos encaracolados e usava óculos pequenos de aros arredondados. Era ossuda e ágil em seus movimentos, magra como um rapaz, de maneiras estranhamente antiquadas, como uma heroína dos meados do século XIX. Achei-a fascinante. Por isso me transportei com todos os meus livros para a sala de livros raros.

Ela fumava. Foi assim que a conheci. Eram muito poucos os que fumavam entre os alunos de pós-graduação; havia uma espécie de pátio de prisioneiros perto da sala de chá no qual os fumantes ficavam andando para lá e para cá, consumindo os nossos venenos. Esperei que ela terminasse o chá e saísse para o pátio. Então eu a segui de uma distância segura. Quando ela acendeu o cigarro e se encaminhou, decidida, em direção à magnólia, eu a alcancei e pedi fogo. Sei que é um tipo de abordagem que deve ter sido usada pelos homens de Neandertal, mas mulheres que escrevem teses quase nunca reparam que você está tentando abordá-las. Peça para falarem sobre o trabalho delas que em geral elas acabam falando mesmo. Durante horas, sem objeção nem embaraço. Por isso não perguntei o que ela estava escrevendo. Perguntei há quanto tempo estava escrevendo. Dois anos, ela disse. E não acrescentou nenhuma outra informação. Perguntei onde morava. Em Maid's Causeway, respondeu. E isto num tom tão conclusivo que não senti que podia ir em frente e perguntar o

[6] E.M. Forster (Edward Morgan Foster, 1879-1970), o autor de *Passage to India, A room with a view, Howard's End.* (N. do T.)

18   Patricia Duncker

número. Agradeci pelo fogo e caí fora, me sentindo tão desconcertado como se ela tivesse me mordido.

No dia seguinte ela se dirigiu diretamente a mim na sala de chá e veio com uma acusação que certamente não parecia nenhuma abordagem.

— Por que você se senta na sala de livros raros se você está pesquisando Paul Michel? Você não precisa pedir nenhum livro raro.

Eu mantive a calma.

— Como é que você sabe que estou pesquisando Paul Michel?

— Dei uma olhada em seus livros quando você foi dar uma mijada.

Fiquei pasmo. Ela confessava ter me espionado. E ainda ficava ali de pé, com seu cabelo cacheado caindo sobre os olhos, esperando uma resposta. Fiquei com tanto medo dela que disse a verdade.

— Trabalho aqui para ficar olhando você.

— Foi o que pensei — ela exclamou reivindicativamente.

— Eu sou tão óbvio assim?

Não estávamos sequer saindo juntos e já estávamos tendo nossa primeira briga.

— Me diga, você tem fogo? — Ela imitou minha voz com desprezo. — Você vem usando seu próprio isqueiro nos últimos cinco meses.

— Então você está me observando? — Eu retaliei, tentando ganhar pé na discussão.

— *Natch* — ela disse, sentando-se e acendendo o cigarro —, só cinco de nós nas línguas modernas são fumantes e você é um deles.

Pensei que ela ia mostrar a língua para mim. Parecia uma colegial triunfante que tinha acabado de ganhar na bola de gude.

— Por que você não me perguntou o que faço?

Ela estava na ofensiva de novo. — Você não sabe, não é

Alucinando Foucault

mesmo? Acha que todas as mulheres acadêmicas são umas vacas intelectualóides.

— Deixe disso — eu interrompi defensivamente. A situação tinha saído completamente de controle. — Por que você está discutindo comigo?

— Não estou, não. — Ela sorriu, pela primeira vez, com um maravilhoso sorriso forçado de rapazinho. — Estou convidando você para sair comigo.

— Você não pode fumar aqui — disse ríspida a mulher da caixa registradora que viera atrás dela. — Saia logo.

Engoli meu bolo e a segui até o pátio. Não podia acreditar em minha sorte.

— Então você reparou em mim? — Perguntei, incrédulo.

— Pois é — ela disse tranqüilamente —, pegue um cigarro. E pode usar seu próprio isqueiro dessa vez.

— Escute — ela continuou —, moro num apartamento de dois quartos, portanto não dá para você ficar lá. Mas quero ir para a cama com você. Por que não vem me ver hoje à noite?

Atrapalhado, deixei meu cigarro cair. Ela riu mais um pouco.

— Covarde — ela sibilou, seus olhos brilhando por trás das lentes grossas e dos aros prateados. E foi assim que nosso caso começou.

Ela era uma lingüista muito boa. Falava francês fluentemente. No ano entre a escola pública e Cambridge, trabalhara como professora de línguas num liceu na periferia de Aix-en-Provence. Comandava os alunos de dia e os canalhas num bar à noite. Tinha lido todos os livros de Paul Michel e tinha opiniões... opiniões diferentes das de todo mundo, sobre cada um deles. Não sei se era porque ela não queria pisar nos meus calos, mas foi bastante difícil obter seus pontos de vista de maneira detalhada. Era claro, no entanto, que ela tinha idéias próprias firmemente arraigadas. Tinha também idéias sólidas sobre o que aconteceria entre nós na cama. Eu achava isso absolutamente maravilhoso, já que assim não precisava me preocupar a respeito. Ela estava escrevendo uma tese sobre Schiller. Eu não achava que Schiller merecesse tanto. No começo de um caso, os amantes em geral passam muito tempo na cama. Quando tentam se levantar estão exaustos; exaustos com suas realizações, vitórias. Mas isso não acontecia com a germanista. Às oito horas ela estava de pé, com seus óculos no lugar, às voltas com o café em minha cozinha ou na dela. Eu podia ouvir o som feroz da Moulinex chiando, cheirar as exalações terríveis, inevitáveis, daquele forte antiafrodisíaco preto, e saber que um dia de trabalho estava começando. Ela fazia torradas, limpava a pia, arrumava sua sacola e partia na bicicleta. Fosse qual fosse o tempo. Às nove e trinta já estava com a cabeça inclinada na sala de livros raros. Como já disse, Schiller não merecia tanto. Eu costumava levantar às onze, um pouco atordoado, ainda impregnado de sexo. Ela erguia a cabeça, magnífica e reprovativa como uma professora, e consentia numa pausa de vinte minutos para café e cigarro.

Eu adorava o apartamento dela. Era um apartamento de dois quartos, com uma cozinha que dava para o jardim embaixo e toda pintada de amarelo e azul. As xícaras eram amarelas e os pratos azuis. Ela sempre tinha flores frescas sobre a mesa. Polia as superfícies e a pia. Seus movimentos, quando estava cozinhando, eram intensos e exatos. Sua escrita também era assim. Quando eu conseguia levantar finalmente, encontrava bilhetinhos deixados sobre a mesa.

Café no fogão. Pão fresco na cesta. Use o pão velho primeiro.

Eu guardava cada uma dessas mensagem crípticas, como se pudesse encontrar um dia a chave para decodificá-las.

Ela costumava deixar mensagens para si mesma em cima do espelho do banheiro. Naquela primeira manhã, quando me arrastava até o banheiro, sentindo-me como um piano estropiado, vi, datilografado em grandes letras pretas, enfáticas, agressivas, o pedido de liberdade feito ao rei Felipe II por Posa.

SO GEBEN SIE GEDANKENFREIHEIT
(Dê-nos liberdade de pensamento)

E, como Posa, a germanista falava para valer. Ela queria liberdade sob todos os aspectos — teologicamente, politicamente, sexualmente. Eu costumava anotar as mensagens no espelho do banheiro, que eram sempre em alemão, procurar as palavras que eu não conhecia e ponderar sobre seus significados eliptícos.

O outro quarto era uma mistura decadente e impressionante de vermelhos; uma colcha escarlate entremeada de dourados, um velho tapete turco que fôra presente de seu pai, uma teia turbulenta de ocre, marrom e dourado. Os abajures, ornados com borlas de rendas vermelhas, tinham escapado de um bordel da época da Regência. Ela tinha uma gaiola pesada e vazia, em forma de redoma. Na escrivaninha havia um monte de papéis cobertos com sua caligrafia precisa e minúscula. Fiquei com impressão de que ela tinha material suficiente para doze teses. Dei uma espiada nas notas dela. Não consegui entender nada. Ela gastava todo o dinheiro em livros e todo o seu tempo em lê-los. Estavam todos rabiscados com críticas, anotações nas margens, às vezes entrefolhados com páginas inteiras de comentário. Ela perambulava por séculos de escrita, deixando sua marca onde quer que fosse.

Estávamos juntos havia mais ou menos um mês quando me arrisquei a dar uma olhada na prateleira onde ela guardava todos os romances de Paul Michel. É claro que estavam lá, todos juntos, em ordem cronológica, arrumados numa posição privilegiada ao lado da escrivaninha. Cada um dos livros estava tão escrito por ela quanto por ele. Ela lhe respondera integralmente. Havia marcadores brancos de papel, páginas de notas, datas marcadas nas contracapas, que, entendi, correspondiam aos meses durante os quais os lera. Ao contrário de muitos comentadores da obra dele, ela preferia seus últimos textos. Lera *La fuite* quando era uma estudante de graduação, como eu também, mas lera *Midi* duas vezes e *L'évadé* três vezes. Eu estava perplexo e contente. Descobri um maço de folhas escritas por ela dentro do texto do último romance de Paul Michel. Referiam-se a determinadas páginas, incidentes, passagens. Havia um parágrafo que ela quase apagara com sua caligrafia meticulosa, selvagem. Ao pé da página escrevera com suas pequenas letras enfáticas, CUIDADO COM FOUCAULT, como se o filósofo fosse um cão particularmente selvagem. Eu tinha a mesma edição, por isso anotei o número da página. Logo embaixo reparei que ela assinalara uma referência a um trecho de uma das entrevistas de Foucault. Anotei isso também e decidi decifrar esta mensagem críptica particular, que escrevera para si mesma. Ela sabia perfeitamente que eu estava escrevendo sobre Paul Michel e Foucault. Nem uma vez sequer exprimira qualquer opinião sobre esta relação especial. Agora que eu sabia que ela tinha uma, seu silêncio me pareceu estranho, até mesmo sinistro. Mas ela devia ter suas razões para não dizer nada. Eu estava me intrometendo em seus segredos. Culpado, tornei a colocar o livro na estante.

Fiquei no centro do quarto dela, aturdido. Então vasculhei o apartamento inteiro atrás de Foucault, mas não consegui encontrar nenhum de seus livros. Certamente fôra banido.

Ela parecia estar presente naqueles quartos mesmo quando não estava ali; o cheiro de seus cigarros, o efeito cumulativo do incenso que ela queimava, a lata de óleo que guardava no parapeito da janela para a corrente de sua bicicleta, as luvas enlameadas que usava para jardinagem. Eu gostava de ficar sentado ali, tentando juntar o que havia dela, como se fosse um enigma a ser resolvido. Pois ela não se mostrava muito coerente. Por um lado agia de um modo direto bastante aterrador. Nunca antes me tinham dito para tirar as

Alucinando Foucault

calças enquanto a mulher observava. Mas por outro lado havia nela aspectos frágeis, crípticos, ocultos. Se eu a tocava quando não estava esperando que eu o fizesse, ela se encolhia, tremendo. Havia momentos em que ela estava escrevendo e eu poderia vê-la enchendo a página energicamente, depois fazia uma pausa, olhando para o espaço, congelada, imóvel, por cerca de vinte minutos, a caneta empoleirada como um pássaro em seu rosto. Não ousava perturbá-la ou perguntar onde tinha estado. Ela era como uma zona militar, com uma parte minada.

Um dia fui procurá-la em seu apartamento porque ela não tinha ido à biblioteca, e lá estava ela, escrevendo na cama, o rosto molhado de lágrimas. Tomei-a em meus braços e beijei-a. Ela me deixou fazê-lo uma vez, depois me afastou. Olhei para o que estava escrevendo e vi que era uma carta endereçada a "Mein Geliebter..."[7]. Ela escrevera páginas e páginas em alemão. Quase tive um derrame cerebral de ciúme.

— Que porra é que você está fazendo? — Gritei.

— Escrevendo uma carta de amor para Schiller.

— O quê?

— Você ouviu.

— Está falando sério?

— Absolutamente. Isto me ajuda a me ligar a ele. A pensar claramente. Se você não está apaixonada pelo assunto de sua tese, vai acabar produzindo um troço muito seco, sabe. Você não está apaixonado por Paul Michel?

— Não. Ou pelo menos acho que não.

— Não posso entender por que não. Ele é bonito. E gosta de rapazes.

— Estou apaixonado por você — eu disse.

— Não seja tão idiota — ela disse rispidamente, saltando da cama e espalhando sua paixão por Schiller em cima do tapete turco.

[7] Em alemão: "Meu querido". (N. do T.)

24 Patricia Duncker

Tentei não tratar Schiller como um rival sério, mas não deu. Ela passava mais tempo com ele do que comigo. Venho de uma família de classe média bastante comum. Meu pai é físico e minha mãe uma clínica geral. Eles se encontraram na faculdade. Tenho uma irmã seis anos mais nova do que eu. Fomos educados de fato como dois filhos únicos. Eu gostava dela e costumávamos brincar juntos, mas tínhamos nossos próprios amigos, nossas próprias vidas. A germanista, no entanto, vinha não apenas de um lar desfeito, mas de dois. Durante algum tempo não pude atinar com suas circunstâncias familiares. Ela tinha dois pais e sua mãe aparentemente desaparecera.

— Sei que soa estranho — ela disse — ter dois pais. Mas sempre tive. Eles não moram longe. Um mora em West End Lane, o outro na colina, em Well Walk. Não sei se têm uma custódia em conjunto ou sei lá o quê. Sempre dividi meus feriados com eles. Meu primeiro pai, se entende o que eu quero dizer, o que me deu o tapete, trabalha no Banco da Inglaterra. Não sei o que ele faz. Tenho que esperar que a segurança o deixe sair na hora do almoço, eles não me deixam entrar de maneira alguma. Uma vez eu perguntei a ele, sabe como é, o que ele fica fazendo todos os dias, e ele disse, negociando com outros bancos, mas com tanto desalento que acho que não gosta muito do que faz. Ou podia ter sido um dia ruim no mercado de ações. Minha mãe fugiu com meu segundo pai quando eu tinha dois anos e me levou com ela. Eu gostava muito de meu segundo pai. Ele fez para mim um papagaio bem grande com um dragão desenhado. É pintor e agora dirige tambéem um ateliê numa faculdade de arte. Era Wimbledom, agora é Harrow, ou será Middlesex? Seja como for, faz grandes afrescos, gigantescos mesmo, com seus alunos em todos os muros abandonados nas favelas dentro da cidade. Minha mãe não ficou com ele por muito tempo também. Ela deu o fora depois de um ano e desta vez me deixou para trás.

Alucinando Foucault 25

— Não, não tenho nenhuma idéia de para onde ela foi, ou com quem. Nem ninguém sabe. Nunca mais a vi. Mas ela deve estar bem. Mandou-me dezoito mil libras quando fiz dezoito anos. Mil por cada ano.

— O quê? Tudo isso?

— Não estou brincando. Eu comprei o apartamento em Maid's Causeway. Custou vinte e sete mil libras. O Banco da Inglaterra deu o resto. Por que é que você acha que nunca reclamo do aluguel? Eu o tenho desde o meu segundo ano em King's. Mas minha mãe obviamente não está interessada em mim em especial, nem em meus papais. Nunca mais ouviram falar dela.

— Eles não casaram de novo?

— Ela não se casou com nenhum deles. Martin, que é o pintor, tem uma namorada que viveu conosco durante alguns anos, mas agora está com uma que não vive com ele. E o Banco da Inglaterra é homossexual. Ele tem muitos rapazes. Em geral são legais. Todos adoram cozinhar. Papai também. Comemos como uns lordes.

Eu me sentei boquiaberto.

— Seu pai é gay?

— É. Como Paul Michel.

— É por isso que você leu todos os livros dele com tanta atenção?

— Leio tudo com atenção — ela retrucou fulminante.

Ela não disse nada por algum tempo. Depois falou:

— Meu pai leu alguma coisa de Paul Michel. Ele lê francês. É interessante ter apenas papais. Mas é diferente quando se é homem. Paul Michel estava sempre à procura de seu ogro edipiano.

— Quem era?

— Foucault.

E esta foi a primeira vez que ela mencionou o nome dele. Eu não podia fazer nenhuma pergunta específica sem revelar que estivera mexendo nas estantes dela. Além disso, ela se levantou para ir até a sala de livros raros, indicando desta maneira que a conversa decididamente terminara.

À noite ela foi ver um filme na Sociedade Alemã; eu já tinha visto, por isso fiquei em casa e procurei a passagem ofensiva em *L'évadé*. O que Paul Michel escreveu foi isto.

Os gatos estão acordados à beira de minha cama e à minha volta, o silêncio tempestuoso de L'Escarène, apanhado por fim na maré crescente de ar quente, transportando a areia do Sul. Os Alpes estão mergulhados na luz oscilante lá em cima. E sobre a escrivaninha do quarto embaixo está o texto que insiste que a única saída é através da destruição absoluta de tudo que você já conheceu, amou, cuidou, acreditou, até mesmo a casca de seu próprio ser deve ser descartada com desprezo; pois a liberdade custa nada menos do que tudo, incluindo sua generosidade, auto-respeito, integridade, ternura — era realmente isto que eu queria dizer? Foi o que eu disse. Pior ainda, enfatizei a estrita alegria criativa dessa destrutividade feroz e a maravilha libertadora da violência. E são mensagens perigosas pelas quais não sou mais responsável.

Era uma mensagem importante, perturbadora se captada fora de contexto, mas havia outras coisas em *L'évadé* que contradiziam este desespero selvagem. Fiquei cerca de uma hora na biblioteca até encontrar a entrevista com Foucault, que datava de 1978, mas fôra publicada postumamente no *L'Express* de 13 de julho de 1984, e consistia na denúncia feita por Foucault sobre sua própria obra, *As palavras e as coisas*.

É o livro mais difícil, mais cansativo que já escrevi [...] loucura, morte, sexualidade, crime — são os temas que mais atraem minha atenção. Em con-

Alucinando Foucault

traste, eu sempre considerei As palavras e as coisas *uma espécie de exercício formal.*

Eu não conseguia ver nenhuma conexão entre as duas passagens, além do fato óbvio de que a lista sinistra das obsessões de Foucault fosse um excelente sumário de todos os temas tratados na ficção de Paul Michel. Li a entrevista inteira. Havia apenas uma outra passagem que ela anotara, mas nem formava uma frase completa. Era a seguinte:

> [...] *o anseio, o gosto, a capacidade, a possibilidade de um sacrifício absoluto* [...] *sem qualquer proveito, sem qualquer ambição.*

Agora eu me sentia completamente frustrado e muito intrigado. O extremismo deste tipo de linguagem — "anseio", "sacrifício absoluto" —, comum tanto a Paul Michel como a Foucault, não desempenhava nenhum papel no discurso intelectual diário da germanista. Mesmo quando falava sobre seu trabalho, em geral o fazia em termos de forma, ou de um determinado poema, peça ou carta para Goethe. Compreendi que eu não tinha uma idéia de seu projeto global, apenas uma perspectiva fascinante de seu interesse pelo detalhe. Não tinha idéia do que ela estava realmente fazendo. Por outro lado, ela me fazia sentar, quase toda manhã, e despejava uma série de perguntas dignas da Inquisição. Era mais perspicaz e agressiva do que meu orientador de doutorado, que dava uma olhada em minhas páginas datilografadas com indiferença cansada.

Eu ficava cada vez mais fascinado com a antipatia dela em relação a Foucault.

Todo mundo a conhecia. Todos os doutorandos temiam sua presença quando estavam apresentando seus trabalhos. Ela sempre lia tudo e tinha sua própria visão peculiar, controvertida, mas muito consistente. Até mesmo quando saía para fumar ela parecia saber o que tinha acontecido no seminário. Não tinha amizades íntimas. E sempre vivera sozinha. Eu morava com um estudante inglês chamado Mike, que fazia um trabalho sobre Shakespeare. Ele ficava extremamente intimidado com a germanista e caía num silêncio anormal toda vez que ela ia ao nosso apartamento. Acho que eram os óculos dela. Tinham lentes tão grossas que aumentavam os olhos. O resultado era uma intensidade de olhar de coruja, combinada com uma concentração incomum. Seja como for, de repente você se pegava refletindo sobre o fato de que as corujas comem mamíferos vivos.

— Sobre o que diabos vocês conversam? — Mike perguntou incrédulo, depois que ela passou sua primeira noite no nosso apartamento e desapareceu de madrugada.

— Oh, sobre tudo. O trabalho dela. O meu. Ela tem dois pais.

— Suponho que um deles é Zeus — disse Mike.

Ela nunca se mostrava afetuosa. Nunca usava qualquer termo carinhoso, nunca disse que me amava, nunca segurou minha mão. Quando me levava para a cama ela me beijava como se houvesse alguma distância a ser transposta e estivesse determinada a chegar lá sem qualquer interferência.

Era o fim de maio, período de exames para os alunos da graduação. Estávamos todos infectados pela paralisia dos exames assim como pela paranóia da tese. Eu estava jogando xadrez com Mike em nossa cozinha, na mesa de fórmica recentemente polida da qual a germanista eliminara todas as marcas pegajosas, quando ela entrou sem se anunciar. Isto era inédito. Quando pretendia vir, telefonava antes e fazia combinações meticulosas. Quando eu não estava ela deixava recados com Mike, que transmitia como se o ditasse a um secretário analfabeto.

— Vista-se, querido, e ponha os seus melhores trapos. O Banco da Inglaterra acaba de me telefonar de Saffron Walden. Ele está chegando em seu Mercedes dentro de uma hora.

Ela dançou em volta da mesa.

— E está nos levando para jantar.

Eu jamais vira aquela arrogância inesperada. Fiquei ali sentado, ela me chamara de querido. Mike estava perplexo. Pensei que eu ia precisar de uma transfusão de sangue. A perspectiva de encontrar-se com o pai de sua namorada, ou pelo menos com um deles, é muito intimidante. Entrei em pânico.

— Será que devo colocar uma gravata? Não tenho gravata.

— Então não pode usar nenhuma — ela disse com lógica devastadora, através de uma nuvem de fumaça.

— Posso pedir emprestado a Mike.

— Oh, não se incomode. Meu pai não liga. Somos estudantes. De qualquer modo, nenhum dos namorados dele usa gravata.

— Mas não sou namorado dele. Namoro você.

— Oh? É mesmo? — Ela disse zombando.

— Você me chamou de querido, eu reparei.

— Foi mesmo? Foi um lapso.

Ficamos nos degraus do Fitzwilliam espiando a Trumpington Street sob a luz dourada do entardecer. Seu pai dirigia de fato um lustroso Mercedes preto, equipado com telefone, aparelho de CD e um sistema de trava automática que respondia a um controle remoto nas chaves do carro. Se ele apertasse o dispositivo, o carro respondia, mesmo a uma grande distância, com um zunido e um estalo, um rápido piscar de todas as luzes, e então se abria, à espera. Fiquei me perguntando se funcionava dobrando esquinas.

Ela não se parecia com o pai, mas tinham o mesmo sorriso. Ele tinha uns cinqüenta anos, cabelos grisalhos, estava bem barbeado, era simpático e enervantemente sinistro, como um agente da CIA nos filmes dos anos 60. Tinha todas as insígnias, terno escuro, abotoaduras de pérola e camisa francesa cara. Saiu do carro e abriu os braços. Eu nunca a vi tão feliz. Ela deixou escapar um grande grito de alegria descomplicada e ele a envolveu num abraço apertado. Chegou até a deslocar os óculos.

— Quanto tempo você pode ficar? — Ela perguntou, sem me apresentar.

— Só hoje à noite. — Ele beijou-a dos dois lados do rosto, como os franceses. Então se virou para mim.

— Agora, minha garota, deixe-me dar uma olhada neste jovem rapaz que cativou minha filha. De repente eu me senti pegajoso, coberto de caspas e manchas, mas fiquei encantado ao ouvir esta frase. Minha impressão era de que a germanista não tinha nenhuma paixão. Ela certamente não se mostrava disposta a se deixar cativar. Ele apertou minha mão e de repente me deu um abraço. Fiquei surpreso e lisonjeado.

— Se ela não está fazendo com que você se divirta, rapaz, é só entrar em contato conosco em Londres. — Ele me entregou seu cartão com o número de telefone com o mesmo sorriso largo e malicioso que ela esbanjava comigo.

— Desista, papai. Eu o vi primeiro — ela deu uma risadinha e cutucou seu pai nas costelas. Eu mudei de cor várias vezes, embaraçado.

Todas as minhas idéias sobre o Banco da Inglaterra sofreram uma transformação súbita e rápida. A noite, de acordo com o que eu ia sentindo, ficava cada vez mais difícil. Agora eu compreendia de onde vinha o absoluto sentido de licenciosidade e de liberdade de minha germanista. Ela era a filha de seu pai.

Ele nos levou até o Brown e ali, entre o esplendor dos vasos de planta de Butch Cassidy e Sundance Kid, desatou a comer como um estudante. Pedimos cogumelos e torta Guiness. Ele pediu batatas fritas. Ela não conseguia terminar a batata assada e o creme de leite coalhado. Ele trocou os pratos e comeu toda a porção. Deu uma olhada na lista de vinhos, balançou tristemente a cabeça e pediu duas garrafas do vinho da casa. Sugeriu que eu colocasse mais creme na minha tarte Tatin, pediu mais sem esperar resposta e colocou um pouco dela em seu próprio sorvete e na torta de maçã. Evidentemente não tinha medo do colesterol.

Ela se transformara de uma doutoranda intensa, abrasiva, numa criança feliz. Tagarelava, gargalhava, contava histórias, engolia batatas, pedia notícias do último namorado de seu pai, que parecia ter a mesma idade dela. Chegou até a ser irreverente com Schiller. Ele a espicaçava, encorajava, provocava-a impiedosamente e pediu que o deixasse comprar lentes de contato. Perguntou, com um sorriso malicioso, se eu era bom de cama, insistiu para que ela tomasse aulas de direção e escolhesse um carro. Deu uma bronca porque ela fumava; em seguida fumou metade dos meus cigarros. Era como um rei de passagem, arbitrário, generoso, distribuindo magnanimidade.

Quando chegamos aos capuccinos, ele virou seus estranhos olhos castanhos para mim e perguntou sobre Paul Michel.

— Tudo que li foi *La maison d'été*, o que ganhou o Goncourt. Suponho que me dá uma falsa impressão da obra dele. Minha filha diz que é seu romance mais convencional.

— Sim — concordei —, de certo modo é mesmo. Eu ainda prefiro *La fuite*, que fala sobre sua infância. E, bem... — eu hesitei.

— Crescer como um gay na França rural — disse o Banco da Inglaterra, sorrindo. — Ser homossexual não é um tema tabu nesta mesa. Pobre sujeito, isso deve tê-lo ferido para o resto da vida. Ele tinha um toque de James Dean, não é mesmo? Uma versão assim lésbica da homossexualidade e todos nós nos tornaríamos maravilhosos, mas malditos e condenados. O que aconteceu com ele? Sei que esteve internado numa instituição durante um certo tempo. Não morreu de AIDS, espero.

— Não — respondi —, pelo menos que eu saiba. Ele teve

um colapso nervoso total de algum tipo em 1984. E não escreveu mais nada desde essa época.

De repente tomei consciência da presença da germanista. Já tinha soado meia-noite, a abóbora se fôra e a mágica se dissolvera. Ela estava me fitando com suas lentes acesas, brilhando com fúria:

— Então você não sabe? Está estudando a obra dele e não sabe o que fizeram com ele?

— O que você quer dizer com isso? — Perguntei, muito surpreso.

— Ele está no hospício. Sainte-Anne, em Paris. Já faz nove anos. Eles o estão matando com drogas, dia após dia.

Fiquei olhando para ela, espantado.

— Acalme-se, querida — disse o pai dela pacificamente, pedindo a conta —, eu não sabia que ele ainda estava lá.

— Mas você não está escrevendo uma tese sobre Paul Michel. — Ela era um poço de acusações. Pensei que ia me bater.

O pai dela inclinou-se e lhe beijou o rosto, algo que eu jamais ousara fazer, e disse docemente:

— Você pode fazer cenas com seu amante na frente do restaurante, minha querida, nunca à mesa. Não está certo.

A germanista desmanchou-se suavemente, me encarou mais uma vez, depois disparou para o toalete. Seu pai voltou-se para mim.

— Eu não sabia que ele havia sido internado em caráter definitivo. É uma pena. Ser gay já foi motivo suficiente para enjaularem você. Eu pensava que as coisas estivessem mais esclarecidas agora. Pode valer a pena investigar.

Ele pegou mais um dos meus cigarros e então disse, sorrindo:

— Se eu fosse você, descobriria se a família deu uma mão nisso. As famílias geralmente se encarregam de se livrar de seus homossexuais, sapatões e gays, quando podem fazê-lo com impunidade.

Senti necessidade de me defender.

Alucinando Foucault   33

— Não estou escrevendo sobre a vida dele. Estou estudando a ficção dele.

— Como pode separar as duas coisas?

— Com exceção de *La fuite*, ele não é um escritor autobiográfico.

— Mas as experiências dele, as que procurou para si mesmo e também o modo como as coisas aconteceram, devem ser relevantes.

— Acho que isto é uma armadilha. Não se pode interpretar a escrita em termos de vida. É simples demais. A escrita tem suas próprias regras.

A germanista reaparecera como uma aparição mágica e ficou do meu lado.

— Ele está certo, papai. Seria como se eu explicasse toda a obra de Schiller em termos de sua situação econômica e dos empregos que Goethe lhe arrumou.

— Mas ele não teria escrito nada se Goethe não o tivesse apoiado. Você mesma disse isso.

— Sim. É verdade. Mas ainda assim não é a coisa mais importante a respeito da obra dele.

— Então — o pai dela perguntou enfaticamente —, por que é tão importante saber se Paul Michel está doido de pedra em algum hospício em Paris?

— Porque — disse a germanista, fixando seus olhos predatórios em mim — se você ama alguém, você sabe onde ele está, o que aconteceu a ele. E arrisca-se a salvá-lo se puder.

Foi como se ela tivesse atirado uma luva entre nós, por sobre a mesa. De repente tive uma visão horrível dela, procurando Schiller pelas ruas pavimentadas de Weimar com um frasco de penicilina e salvando-o dos últimos e sufocantes estágios da tuberculose.

Deixamos o pai no apartamento dela, lendo abertamente todas as suas mensagens crípticas e dando uma espiada nos arquivos de notas.

— Tento dar conta da listas de livros que ela me manda

— confidenciou-me enquanto ela desaparecia no armário aquecido à procura de toalhas —, mas não tenho muito tempo para ler. Fiquei vidrado em Foucault.

— Ela lhe disse para ler Foucault?

— Acho que pensa que Foucault é tão essencial quanto Schiller — ele confessou balançando a cabeça. — Não sei de onde tira tudo isso. A mãe dela certamente não era uma intelectual. Pelo menos nunca notei.

A combinação da mãe desaparecida e do ubíquo Foucault mostrou-se demais para mim. Voltei para casa em silêncio, na garupa da bicicleta dela. Estava chuviscando quando chegamos à minha casa. Todas as luzes estavam apagadas. Ela sentou-se de pernas cruzadas em minha cama, com as gotas de chuva nos cachos escorrendo pelos óculos. Parecia que estava chorando. Olhamos pesarosamente um para o outro.

— Você gostou de meu pai? — Ela perguntou, infantil, insegura.

— Acho que ele é maravilhoso — repliquei, com sinceridade.

Ela sorriu. Depois tirou os óculos, olhou-me com dubiedade e se desculpou por suas acusações.

— Sinto muito se fui ríspida — ela disse.

Beijei-a com muito cuidado, caso ela decidisse me morder, e procurei os botões de sua camisa. Acho que foi a primeira vez que fiz amor com ela, em vez do contrário. Ela tinha um corpo duro, ossudo, todo de costelas e quadris. Nessa noite, sentiu-se vulnerável, frágil sob minhas mãos. Nunca senti que ela tenha se dado a mim; era mais uma questão de se render. Como uma revolucionária derrotada, ela abandonara sua barricada sexual. Algo se quebrou dentro dela, suavemente, tranqüilamente, relutantemente, e ela enterrou o rosto no vácuo entre meu ombro e meu ouvido, sem resistência. Eu estava alarmado com aquela suavidade incomum e conversei com ela calmamente sobre nada em particular, até que adormeceu em meus braços.

Alucinando Foucault

Quando acordei na manhã seguinte, ela já tinha ido embora, deixando uma mensagem edipiana descomprometida na mesa da cozinha:

De volta a papai.

Não havia discussão. Depois disso não apareceu na biblioteca durante três dias. Ela tinha uma série de regras não-escritas sobre quando me era permitido telefonar ou fazer uma visita. Como as regras nunca foram estabelecidas, eu só ficava sabendo quando as quebrava, e ela ou ficava de mau humor ou me dizia para dar o fora antes que eu pudesse terminar minha ressentida caneca de café. Esperei um dia inteiro, depois telefonei. A secretária eletrônica me disse que ela estava categoricamente fora de alcance e não sugeriu que eu deixasse uma mensagem.

Eu disse: — Sou eu. Onde é que você está? — E só. Ela não telefonou de volta.

Arrisquei um novo telefonema na manhã do terceiro dia. A mensagem na máquina não tinha mudado. Sentei na cozinha e olhei para Mike com tristeza.

— Acho que ela me deixou.

— Não seja estúpido — ele disse. — Se estivesse lhe dando o fora, ela seria a primeira a aparecer por aqui e lhe dizer. Não ia deixar passar uma oportunidade como essa.

— Tente gostar dela um pouco, Mike — eu o repreendi, muito estimulado.

— Você não pode gostar de mulheres como essa. Gostar é uma emoção complacente demais. Seja como for, ela me assusta tremendamente.

— Bem, às vezes também a mim — admiti.

Mike ligou a tevê e ficamos olhando para a telinha. As notícias não continham senão fome e desastre. Em seguida o telefone tocou.

— Alô — ela disse — estou telefonando de Londres.

— Ah, então você está aí. — Tentei parecer relaxado. —
Eu não sabia.

— Vim para casa com papai.

Houve uma pausa. Eu não disse nada.

— Você está com raiva de mim.

O fato fôra reconhecido.

— Bem, sim, um pouco. Não, estou uma fera. Por que
você vai embora sem me deixar ao menos um recado? Não
tenho o número de seu pai. Não sei sequer onde você está.
— Vim até aqui descobrir uma coisa para você. E consegui. Portanto não fique com raiva. Estou voltando amanhã.
Vou visitá-lo. — E desligou.

Mike me olhou com pena e levantou suas sobrancelhas.
— Por que você não acha alguém mais normal? — Ele
sugeriu.

Eu estava começando a achar que era um bom conselho
quando ela chegou num táxi trazendo um número de 1984
do *Gai Pied Hebdo* com dois homens nus na capa, um com
as nádegas bronzeadas e o outro com as calças de couro abaixadas até a região púbica.

— Olhe, eu descobri — ela gritou como se as nádegas
fossem parte de um mapa revelando a localização da mina do
rei Salomão.

— O quê? — Peguei a mala enquanto ela futucava no
meio de um monte de anúncios de parceiros sexuais, conselhos de saúde e fotografias de sexo em grupo.

— Isto. — E colocou a revista sobre a mesa da cozinha,
acendendo triunfantemente seu primeiro cigarro.

O artigo em questão trazia duas páginas inteiras sobre
Paul Michel. Havia várias fotografias dele, obviamente tiradas no fim dos anos 70 da entrevista de Bernard Pivot para
Apostrophes. Ele estava posando para a câmera com um cigarro na mão, como sempre usando casaco de couro sobre
uma camisa preta, parecendo um lutador de rua tirando uma
folga de cinco minutos da luta. Atrás dele estava o rio e o

Alucinando Foucault   37

modelo em miniatura da estátua da Liberdade. Parecia que ia viajar para a América. Fiquei olhando para seu rosto bonito, fechado, arrogante, para a artificialidade de seus gestos congelados, para a fria autoconfiança com que inventara a si mesmo. Depois dei uma espiada no título do artigo: "Paul Michel: L'epreuve d'un écrivain".

— Leia — ela disse. — Não vou dizer nada.

Olhei para ela. Devolveu o olhar com firmeza. Aí compreendi que era a luva sobre a mesa. Era o desafio obscuro, um pedido, o primeiro pedido que me fazia. Respirei fundo, sentei-me à mesa da cozinha e comecei a ler.

PAUL MICHEL
"L'epreuve d'un écrivain"
Na noite de 30 de junho de 1984, Paul Michel foi preso no cemitério de Père Lachaise. Foi encontrado gritando e chorando, revirando sepulturas com um pé-de-cabra. O vigia do cemitério, o sr. Jules Lafarge, tentou detê-lo, diante do que o escritor atacou o vigia, fraturando seu crânio com o mesmo pé-de-cabra que subseqüentemente usou para quebrar o antebraço do sr. Lafarge e infligir múltiplos ferimentos em suas costas e em seu rosto. Paul Michel, descrito como incoerente e perigoso pelos funcionários do SAMU que eventualmente tentaram controlá-lo, deu entrada na unidade psiquiátrica de Sainte-Anne alguns dias depois. Fôra diagnosticado como sofrendo de esquizofrenia paranóide. Mais tarde foi revelado que o escritor escapara das restrições que lhe foram impostas no hospital e que tinha cortado seu peito várias vezes com uma gilete roubada de um outro paciente. Não se acredita que esteja em perigo.

A imprensa heterossexual não hesitou em especular sobre a suposta conexão entre a loucura de

Paul Michel e sua homossexualidade. Mas quem é Paul Michel? A identidade de um escritor é sempre tema de especulações. Escrever é uma arte secreta; um prática escondida, codificada, freqüentemente conduzida na escuridão atrás de portas fechadas. O processo de escrever é um ato invisível. Paul Michel sugeriu o elo entre a escrita e o desejo homossexual. A ficção, ele disse, era bela, inautêntica e inútil, uma arte profundamente não-natural, voltada puramente para o prazer. Ele descreveu a escrita da ficção, o contar histórias, o contar mentiras, como uma estranha obsessão, um hábito compulsivo. Via sua própria homossexualidade em termos semelhantes; como uma qualidade ao mesmo tempo bela e inútil, o prazer potencialmente perfeito.

Durante seus anos como um ativista gay militante, Paul Michel sempre insistiu na visão controvertida de que não nascemos assim, mas escolhemos ser assim. Isso o levou a um conflito agudo com a associação religiosa para direitos homossexuais, David e Jonathan, que sempre argumentou em favor da tolerância, da compreensão e da extensão dos direitos civis a lésbicas e gays, com base em que a homossexualidade é o resultado de um determinismo biológico inato. O aspecto politicamente conveniente desta teoria é naturalmente o fato de que os homossexuais não podem, por conseguinte, ser responsáveis por aquilo que é sua condição natural. Ninguém pode ser culpado. Paul Michel colocava-se desafiadoramente contra a natureza. Ser não-natural, ele argumentava, é ser civilizado, sustentar a própria reivindicação de uma autoconsciência intelectual que é o único fundamento para criar arte. Ele apreciava os aspectos imprevisíveis, bizarros, da vida homossexual: freqüentava os bares leather, *os* shows *drag, as saunas, os encontros nos lugares barra-pesada. Resistiu a todas as tendências dentro da comunidade que pleiteava a extensão do privilégio burguês para lésbicas e gays e se opunha perversamente ao esquema do Partenairiat que concedia segurança social, propriedade e direitos de pensão aos casais gays estabelecidos. Repudiava com desprezo os esforços do grupo socialista parlamentar, "Gaies pour les libertés". Ele adorava o papel do marginal sexual, do monstro, do perverso. Pelo que sabemos jamais compartilhou uma relação estável. Estava sempre só.*

Longe desta insólita mistura de diferença desafiadora e engajamento sincero na luta coletiva da comunidade gay em nossos esforços para obter reconhecimento e o direito de existir, temos a escrita clássica, distanciada, austera de Paul Michel. É uma escrita que recusa o excesso decadente da vida sexual e seu extremismo político. Seu mais recente romance, L'évadé, é uma história de fuga e perseguição, um conto aterrador de aventura e evasão, os sofrimentos de seu narrador jamais nomeado são tão envolventes e pungentes como os de Jean Valjean. No entanto, esse texto é também uma viagem psíquica até as margens da experiência, uma parábola moderna de exploração através do escuro labirinto da alma. Sua obra possuía aquela qualidade incomum que assegurava o reconhecimento de um establishment literário geralmente hostil. Ele representava escândalo, exceção, o filho pródigo. Paul Michel usava sua fama e as oportunidades freqüentes que tinha de aparecer publicamente para promover sua versão da homossexualidade, mas com resultados ambíguos. Em geral antagonizava deliberadamente com os simpatizantes; assumia posições políticas extremamente provocativas, apresentando os gays como uma vanguarda subversiva na luta para corroer o Estado burguês. Seu discurso público era o de um homem em guerra, é claro que contra a sociedade, mas também, suspeitamos, contra si mesmo. Uma das mais claras influências sobre sua obra era a do filósofo Michel Foucault. Paul Michel insiste em que os dois escritores jamais se encontraram. Achamos que isto é improvável, já que durante a sublevação estudantil de 1971 os dois foram filmados, agachados lado a lado, jogando telhas na polícia do alto de um dos edifícios universitários que estavam sitiados em Vincennes. O único comentário de Foucault sobre a obra de Paul Michel foi publicado nesta revista (outubro de 1983), onde descreveu o romancista como "belo, excessivo e furioso". Foucault assinalou a elegância e a contenção da escrita como opostas aos exageros peculiarmente sinistros das declarações políticas de Paul Michel. Quando instado a ampliar seu comentário sobre esta aparente contradição, Foucault foi tipicamente enigmático. "Que contradição? O excesso é essencial à produção da austeridade. Paul Michel é dedicado à sua profissão. Isto é tudo."

No entanto, os dois escritores exploraram temas semelhantes: morte, sexualidade, crime, loucura, uma ironia muito evidente agora, quando contemplamos a recente morte trágica de Michel Foucault e o terrível destino de Paul Michel. Paul Michel apareceu pela última vez em público na cerimônia celebrada no pátio do Hôpital de la Salpêtrière, quando o corpo de Foucault foi levado em sua última viagem para o Sul, em Poitiers, onde foi enterrado. A cerimônia foi assistida por muitos dos colegas e amigos famosos de Foucault. Paul Michael

Alucinando Foucault

fez leituras da obra do filósofo, incluindo a seguinte passagem do prefácio de Foucault para A vontade de saber, que nos impressionou como tendo um significado particular.

Há épocas na vida em que a questão de saber se podemos pensar diferentemente do que pensamos e perceber diferentemente do que vemos é absolutamente necessária se quisermos continuar a ver e a refletir.

As pessoas dirão, talvez, que esses jogos consigo mesmo só são necessários quando se passam nos bastidores; que são, no máximo, parte desses trabalhos de preparação que se anulam quando obtêm seus efeitos. Mas o que, então, é a filosofia hoje — quero dizer, a atividade filosófica — senão o trabalho crítico do pensamento sobre si mesmo? E se ele não consiste, em vez de legitimar o que já é conhecido, na tarefa de saber como, e até que limite, seria possível pensar diferentemente?

Pois esta tarefa perigosa, o projeto revolucionário de pensar diferentemente, está no núcleo da filosofia de Foucault e da ficção de Paul Michel. A coragem de Paul Michel jamais esteve em questão. Seja o que for que sentimos em relação ao extremismo provocador de seu comportamento e à maneira pela qual escolheu moldar sua vida, é inegável que ele nunca teve medo de se expor ao perigo. O extremismo não é necessariamente loucura. Mas as formas que a loucura assume não deixam de ter significado. Qual é então o significado de seu comportamento no cemitério? Um escritor desempenha muitos papéis, torna-se muitas pessoas ao longo de sua vida criativa. O papel que Paul Michel está representando agora pode não ter sido escolhi-do. Corremos o risco de perder um dos nossos maiores escritores para os muros brancos da prisão de uma unidade psiquiátrica, para as próprias forças institucionais que tanto ele como Foucault questionaram de modo tão radical.

Christian Gonnard

Abaixei o número do *Gai Pied Hebdo* e olhei para ela.

— Você acha que ele era assim tão violento? — Ela perguntou, o rosto perplexo, especulativo, observando-me.

— Ninguém fica imaginando crânios fraturados ou cortes de gilete no peito.

— O que você vai fazer? — O cigarro dela estava suspenso no ar. Eu compreendi repentinamente que se eu desse a resposta errada ela me abandonaria ali mesmo. Mas o fato sinistro era que eu já sabia a resposta certa. As palavras estavam se formando, práticas, loucas, à espera de ser ditas.

— Vou para Paris — eu disse. — Meu pai me prometeu que me financiaria uma viagem a Paris para que eu desse uma olhada nas cartas. Estão depositadas ou no Centro Michel Foucault ou no arquivo da biblioteca da universidade. Irei descobrir onde Paul Michel está. Afinal de contas, sabemos que não está morto, mas não podemos ter certeza de que ainda está em Sainte-Anne.

O cigarro dela não se mexeu. Respirei fundo e apanhei o desafio que ela lançara no meu caminho. Foi como se a fórmica tivesse se curvado na mesa da cozinha.

— Se puder, se ele estiver suficientemente bem, eu o tirarei de lá.

Ela apagou a ponta do cigarro com em furor assassino e me olhou. Eu estava tremendo.

— Amo você — ela disse.

Despenquei na mesa com minha cabeça entre as mãos. Ela se levantou imediatamente. Quando reuni coragem para

Alucinando Foucault

levantar a cabeça ela já tinha ido embora. A porta da rua bateu. Mike estava de pé a meu lado, com o rosto cheio de ansiedade e preocupação.

— Você está bem? — Ele colocou seu braço em volta de meus ombros. — Devo fazer chá? Ela foi embora.

— Sei disso — eu disse arquejando.

— Foi horrível assim?

— Foi.

— Ela rompeu com você? — Ele abriu a torneira e um jorro de água fria correu pelo bico da chaleira.

— Não. Ou pelo menos eu não sei. Pode ser. Disse que me amava.

Mike deixou cair a chaleira na pia.

Era junho. Os exames tinham acabado e os estudantes da graduação se recuperavam de suas ressacas. De todos os pátios em Cambridge brotavam grandes tendas de cor de creme e pranchas militares, uma paródia elegante das paisagens da Primeira Guerra Mundial. Perguntei à germanista se ela já fôra alguma vez a um baile de maio[8]. Ela simplesmente me deu um olhar de desprezo indisfarçado. Assim, vendi as entradas e escrevi para meu pai pedindo o dinheiro para ir a Paris. Ele respondeu calorosamente, mencionando grandes somas. Meus pais adoravam dizer aos amigos que seu filho estava estudando em Cambridge e compreendiam que tais ostentações nunca são baratas.

A pequena e branca cidade de pedra às margens do Fens me parecera intensamente romântica na primeira vez que vim como estudante de graduação. Era como o castelo de Gawain, uma massa cintilante de pináculos, um mundo íntimo de amizades nas escadarias. Eu adorava o cheiro das bibliotecas, as

---

[8] Um baile anual tradicional nas universidades de Cambridge e Oxford, com traje a rigor. (N. do T.)

ervas do rio, a grama cortada no verão. Mas ficar ali como estudante de graduação mudou minha imagem da cidade. Uma nova geografia emergiu, baseada em nosso apartamento em Mill Road, o supermercado, a loja de quinquilharias local, administrada por uma família enorme, que vendia papéis absorventes para cozinha, baldes de plástico e vassouras a preços de Terceiro Mundo. Reparei no vento, aquele vento branco cortante, que vem diretamente dos Urais pela primeira vez. Comecei a olhar para os papéis do lixo voando através de Parker's Piece. Ficava deprimido à noite. Talvez o primeiro ano de um projeto de pesquisa seja sempre um túnel de desilusão. Depois de ficar livre da tarefa de pensar ao longo de oito ou dez semanas de prosa não muito original e empolada, eu havia imaginado que os portões da erudição se abririam diante de mim, como se eu tivesse adquirido uma vasta propriedade. Ninguém havia comentado que a pesquisa seria uma atividade monótona, desnorteadora, deprimente, interminável. Eu não tinha qualquer sentido de direção. Meu orientador sugeria ocasionalmente que eu lesse esse ou aquele livro, artigo ou tese inédita. As outras teses foram a mais devastadora experiência que já tive. Não é uma tarefa qualquer converter paixões únicas, extraordinárias em páginas de comentário redutor, repetitivo. A pior que li era um estudo comparativo entre Paul Michel e Virginia Woolf.

O autor dessa tese era um pós-graduado de Oxford. Ele argumentava que tanto Paul Michel como Virginia Woolf eram essencialmente românticos, que o método deles era romântico, que suas epifanias eram momentos reveladores do ser. Sustentava que suas preocupações com paisagens interiores representavam uma desilusão com a política e uma afirmação romântica da vida interior da alma. Justificava isso página após página e quilômetros de notas de rodapé, citações, cruzamentos de referências, tudo para provar essa hipótese sem qualquer remorso. Paul Michel lia inglês. Mas nunca declarou que houvesse lido Virginia Woolf. Meu primeiro momento de dúvida radical surgiu quando compreendi que, durante os anos em que ambos os escritores estavam supostamente se contorcendo num egotismo recluso e abanando os fogos de suas almas torturadas, Virginia Woolf dava palestras sobre o socialismo numa cooperativa de mulheres e Paul Michel era membro de uma célula revolucionária maoísta. Mas o mago de Oxford escreveu sem remorso sobre a ausência de compromisso político por parte deles. Era um mundo sem contradições inconvenientes. Li uma por uma todas as palavras dessa tese e emergi necessitando de uma terapia. Minha germanista foi antipática.

— Você devia se livrar de coisas como essa — ela retrucou — e fazer fotocópia da bibliografia.

— Mas parecia tão acadêmica — eu gemi.

— Você é tão ingênuo quanto Dorothea.

— Quem é Dorothea?

— Leia *Middlemarch*.[9] — A resposta dela saiu como uma rajada da metralhadora.

E desse modo o projeto de um doutorado teve sua grandeza reduzida para mim. O mesmo aconteceu com a pequena cidade e seus habitantes tortuosos, complacentes ou ressentidos. Cambridge tornou-se uma feira de proporções provincianas com um teatro indiferente, cinemas de menos e muitas vozes por demais estrondosas de classe média.

Mas surgiu uma outra mudança. Eu aceitara o desafio obscuro, impreciso e inarticulado da germanista; ela persistia como uma imagem do vento na beira do porto, onde a água calma tocava o mar agitado. Ela estava me enviando para uma aventura. Eu não ia escrever um estudo crítico breve e limitado sobre um grande escritor. Eu não ia ficar sentado na sala dos livros raros contando anjos, eu ia viajar, ir além do pântano das notas de pé de página e apêndices. Reli a obra de Paul

---

[9] *Middlemarch*, romance de George Eliot, pseudônimo de Mary Ann Evans (1818-90), do qual Dorothea é a personagem principal. (N. do T.)

Michel quase sem fôlego de tanta excitação. Prendi um grande pôster na parede da cozinha, para que o rosto dele, firme, sem sorriso, remoto, dominasse nossa comida. Mike achava que eu estava louco. Culpava a germanista por isso. Mas ela era a grande onda por trás de mim, a própria energia extraordinária, para todos os meus empreendimentos. Ela estava se tornando mais gentil, mais tratável. Começou a ouvir minhas queixas por mais alguns minutos do que fazia geralmente antes de me dar uma resposta atrevida. Uma vez dei com ela olhando para mim, reflexivamente, calmamente, como se eu fosse uma pintura que ela havia terminado.

Escolhi esse momento para lhe perguntar sobre Foucault. Qual era, na opinião dela, a importância de Foucault para um homem como Paul Michel? Tentei parecer casual, indiferente. Ela acendeu outro cigarro e se instalou no quarto vermelho.

— Eu sugeri que ele era como um pai, não foi? Pensei nisso. É verdade, sob alguns aspectos. Há quase trinta anos de diferença entre eles. Para Paul Michel, Foucault era o mais importante pensador radical de sua época. Pertencia à geração que rejeitou Sartre. Eram contra os valores do humanismo liberal ateu. Eram mais extremados. Mas o modelo edipiano não funciona de fato, não é mesmo? Paul Michel nunca invejou Foucault; nunca foi o ogro a ser invejado e morto. Ele era o amado, o leitor invisível a ser cortejado. Acho que Paul Michel escreveu todos os seus livros para Foucault. Para ele e contra ele.

Fiquei a olhá-la. Ela examinara as questões centrais de minha investigação. Seguira-me, passo a passo.

— Todo escritor tem uma musa — disse a germanista lentamente —, não importa quanto anti-romântico ele seja. Para os irremediavelmente tediosos a musa é uma mulher que construíram em suas cabeças, alimentaram como uma boneca vodu num pedestal e depois perseguiram com ilusões, obsessões e fantasias. Paul Michel não era assim. Ele queria alguém real; alguém que o desafiasse, mas cujas paixões fossem

Alucinando Foucault 47

as mesmas. Apaixonou-se por Foucault. É absolutamente essencial apaixonar-se por sua musa. Para a maioria dos escritores, o leitor amado e a musa são a mesma pessoa. Devem ser. Ela fez uma pausa.

— No caso de Paul Michel, esse amor necessário acabou se mostrando uma situação perigosa.

— Por quê?

— Ele está num hospício, não está?

Não a compreendi e meu rosto demonstrou o fato.

— Não seja tão besta. Foucault estava morto. Para Paul Michel era o fim de seu trabalho de escritor. Seu leitor estava morto. Foi por isso que ele atacou os túmulos. Para desenterrar sua escrita, tirá-la do túmulo. De que vale existir se o seu leitor está morto? Ele não tinha nada a perder.

Assobiei incredulamente.

— Como você sabe tudo isso? Você inventou tudo isso.

Ela me olhou fixamente.

— Será? Vá a Paris. Encontre Paul Michel e pergunte a ele.

Houve uma onda de calor no começo de julho. Os rapazes que vendiam sorvetes e bebidas geladas ficaram milionários. Comprei minha passagem para Paris e me registrei numa das residências para estudantes perto da Porte d'Orléans. Na primeira manhã de domingo de julho, a temperatura era de trinta graus no jardim, lá pelas dez horas da manhã. Eu ficara no apartamento dela e estávamos deitados em estado de coma no assoalho do quarto, bebendo suco de laranja gelado e passando a vista nos jornais. Disse a ela que ia viajar. Ficaria dois meses fora pelo menos. Ela apenas assentiu com a cabeça e continuou lendo as resenhas.

— Vai sentir minha falta? — Soei mais importuno e desesperado do que pretendia.

— Sim — ela disse, sem me olhar.

Sentei-me, engolindo minha resposta. Ela voltou a olhar

para mim. Nunca comentei essa declaração inesperada. Nem ela.

Alguns amantes conversam como velhos amigos quando estão fazendo amor, mantêm o outro informado, como se estivessem engajados na aquisição de uma casa para ambos. Para outros fazer amor é sua própria linguagem; seus corpos se articulam em adjetivos e verbos. Para nós era "a conjunção da mente e a oposição das estrelas"[10]. Ela me transformava, silenciosamente, numa massa de sensações, me harmonizava, como uma sinfonia, num crescendo de acordes maiores. Mas nunca me disse como se sentia, nunca falou da maneira como me amava, nem jamais perguntou minha opinião ou sequer inquiriu sobre qualquer desejo meu. Observava a si mesma, e a mim, de uma distância terrível, isenta de compromisso.

— Qual é o problema? — Ela perguntou energicamente.

— Nada. É que... bem, vou sentir uma tremenda falta de você.

— Isso é bom — ela refulgiu, e fez uma pausa. Depois disse: — Escute, você tem algo muito importante para fazer. Nada deve distraí-lo. Fiz alguns arranjos. Seu vôo é na quinta-feira. Muito bem... então iremos para Londres amanhã à noite. Vamos ficar com meu pai. Ele tem um amigo que pode ajudá-lo. Alguém que você precisa conhecer.

Senti-me como um espião a receber ordens para uma operação no exterior. Entrei em pânico.

— Como é que vou encontrar Paul Michel? Tudo isso é loucura.

— Comecemos pelo artigo. Os catálogos de telefone de Paris estão na sala de catálogos da universidade. Vamos telefonar para o hospital amanhã.

[10] Dois últimos versos do poema "A Definição do Amor", de Andrew Marvell (1621-1678). (N. do T.)

A sala de catálogos era uma imensa estrutura pesada, ornamentada, oblonga como um mausoléu dos anos 30. Uma massa de ar parado, fétido, cheirando a livros manuseados e a limpa-carpetes. Pensei que os catálogos estivessem em microfichas, mas não. Ficavam ali de pé, fileira após fileira de calços de porta maciços, amarelos, enterrados na seção de francês, contendo todos os telefones públicos. Procuramos Sainte-Anne na letra "H" e encontramos uma página inteira listando todos os serviços, mas não o serviço psiquiátrico. Anotamos o número da recepção central. Os catálogos emitiram um baque funesto quando nós o colocamos de novo no lugar. A germanista puxou meu braço.

— Vamos descer — ela sussurrou.

Entramos na cabine telefônica embaixo da escada. Ela sacou uma dúzia de moedas de uma libra. Eu tive uma horrível sensação de vertigem. Ela discou 010.33.1.45.65.80.00 sem olhar para a parte dobrada do papel, e sem hesitar a propósito do código, como se fosse um número que já soubesse. Passou-me o telefone bem a tempo de ouvir uma voz francesa uniforme declarando que eu entrara em contato com o serviço telefônico. Pedi o serviço psiquiátrico. "Ne quittez pas", ela disse. O telefone engoliu uma moeda enquanto eu esperava. A germanista, com o ouvido encostado no fone, depositou calmamente mais uma moeda de ouro. Uma outra voz de mulher surgiu na linha. Eu me arrisquei. Perguntei pelo "écrivain Paul Michel".

— C'est qui à l'appareil? — A voz estava desconfiada.

— Sou um estudante — confessei. — Estou escrevendo uma tese sobre Paul Michel. — A germanista me deu um chute na coxa.

— Não entregue tudo — ela sussurrou.

— Sinto muito — retrucou a voz francesa. — Não posso responder a nenhuma pergunta. Por favor faça sua pergunta ao representante legal dele.

— Quem é? — Perguntei pateticamente.

Ela desligou.

A germanista estava triunfante. Eu não conseguia entender sua dança triunfante.

— Já sabemos o que precisamos saber — respondeu. — Ele está lá. Caso contrário, ela teria dito. E não deixam ninguém falar com ele. Tudo que você precisa fazer é entrar lá.

— Bem, pode não ser fácil. E se não deixarem?

— Você tem que encontrar o representante legal dele. E tem que telefonar para o pai dele. Como ele se chama mesmo?

— Michel. O que mais? Mora em Toulouse.

Mas havia três páginas de Michels no catálogo de Toulouse.

— Não se preocupe — ela disse —, você vai encontrá-lo facilmente no local.

Eu não tinha certeza.

Telefonamos para o pai dela da Liverpool Street. Podia ouvir sua voz, alta e clara, como se pertencesse a um ventríloquo.

— Pegue um táxi, querida. Eu lhe dou dez libras quando chegar.

— Não precisa, papai. Pegamos o metrô.

— Você adora bancar a pobre, não é mesmo, meu amor? Faça como quiser. O Chablis está no balde de gelo e estou na cozinha preparando algo "especial" para minha garota favorita. Venha para casa. Espero que seu coração ainda pertença a seu paizinho.

— Sai dessa, gostosão — ela deu uma risadinha.

Ele ficou provocando-a com todos os clichês insinuantes já escritos. Ela se iluminava como uma pedra molhada sob a onda do amor dele. Eram como *boxeurs*, *sparrings* amigos dançando, ousando, testando o poder do outro. Eu me encostei na cabine, alimentando uma ereção ciumenta.

Subindo no elevador em Hampstead ela encostou as costas na grade antiga e fechou os olhos. Seu rosto de repente pareceu branco, frágil, infantil. Olhei para sua pele pálida, seu

Alucinando Foucault   51

corpo e seus braços, que agora se avermelhavam com o calor de julho.

— Você está bem?

Encostei meu queixo no ombro dela.

— Sim. Mas parece que deixei meu útero no fundo do elevador.

Eu recuei, perplexo, e dei uma olhada no único outro ocupante do elevador, um rapaz negro com um skate e boné verde de beisebol colocado de trás para frente. Seu walkman martelava suavemente no espaço vazio. Ele a olhava fixamente. Quando o elevador chegou ela abriu os olhos com um estalido. E atrás de seus óculos, seus grandes olhos azuis-acinzentados, acusadores, fixaram-se no negro. O elevador nos deixou na rua. Ela deu seu sorriso largo, desinibido. Ele sorriu de volta e bateram as mãos como camaradas do gueto, rapazes da turma. Ele desceu com o skate pela colina.

— Você o conhece?

— Não.

Eu desisti.

A casa era toda vertical: janelas altas, estantes perpendiculares, uma escada vertiginosa com um corrimão íngreme em curva, um porta guarda-chuvas alongado emoldurando um espelho gótico alto. Ela abriu a porta com sua própria chave e gritou na escada. Tive a impressão de que sua voz se erguia para alturas perfumadas. O cheiro era de folhas de louro, canela e de vinho tinto, cheiros de inverno em pleno verão.

O Banco da Inglaterra desceu a escada como um extra no cenário de *Billy Budd*, e nos abraçou, cada um com um braço.

— Mes enfants — exclamou e beijou o que estava a seu alcance.

— Você, seu sacana simpático — riu e me deu um tapinha no meu rosto. — Estou tão louco por você quanto ela. Subam. Jacques está aqui e não pode esperar para discutir sobre doenças. O negócio dele, fique sabendo — disse-me confidencialmente —, é loucos e assassinos. Bem, tudo que pode deixá-lo ligado. Sou muito liberal.

A cozinha e a sala de estar ocupavam todo o segundo andar e tinham a mesma combinação de vermelhos quentes do quarto de dormir dela. Uma gigantesca tapeçaria africana pendia de uma parede. Havia um colossal aparelho de som instalado num canto; parecia ter sido roubado de Jean-Michel Jarre, com alto-falantes à maneira de túmulos negros verticais. Felizmente não estava ligado. Enroscado no sofá, no meio de um monte de almofadas vermelhas e laranjas, estava o homem mais alto que eu já vira. Ele se desenroscou para mostrar mais de dois metros de altura e levantou-se para o aperto de mãos.

— Como vai? Sou Jacques Martel.

Seu cabelo era grisalho, mas sua idade era indefinível. O rosto se estreitava até um certo ponto como o de uma doninha, e quando sorria duas linhas compridas apareciam em cada um dos lados de um esgar profissional, sinistro. Cheirava a álcool e cigarro. Ficou tão perto de mim que reparei em seus dentes. Todos tinham pontas afiadas, sugerindo a mandíbula de um tubarão.

Beijou a germanista e disse docemente:

— Alors, ma fille... Comment vas-tu?

Depois sentou-se de novo para me olhar. Por minha vez, também o encarei, incomodado e intrigado, sem saber onde botar as mãos. O Banco da Inglaterra nos organizou ao redor de copos de cristal, uísque e amendoins, depois levou sua filha para animá-lo entre seus temperos e suflês. Duas enormes portas pesadas se abriram para a cozinha e eu pude ouvila dizendo: "Não tenho a menor idéia, pai. O que é que diz em Delia Smith? Por que não me deixar preparar o vinagrete?". A rosca predatória no sofá terminara sua inspeção e começava a fazer perguntas. Seu inglês era irrepreensível e sem qualquer traço de sotaque. Achei isso muito peculiar, já que a entonação francesa quase sempre trai os falantes nativos.

Alucinando Foucault 53

— Fiquei sabendo que você está estudando Paul Michel. Foi um caso trágico. Estive com ele. Várias vezes, de fato. Nunca tratei dele. Mas um de meus colegas foi responsável por ele nos estágios iniciais. O caso foi um escândalo na época. Foi amplamente discutido. E houve uma porção de protestos de seus amigos no *Gai Pied Hebdo*. Um dos editores argumentou que estávamos tentando curá-lo de sua homossexualidade. Era um absurdo. Ele estava doido de pedra. Um exemplo típico da doença em certos aspectos.

— O artigo que li afirmava que ele era esquizo-paranóide. Será que se pode ficar assim de repente?

O doutor riu.

— Não, não. Eu pelo menos não acredito.

Ele hesitou. Depois começou a explicar.

— É muito raro encontrar dois esquizofrênicos que pareçam um com o outro. Os sintomas variam muito. Paul Michel estava muito perturbado, muito violento. Isto não é incomum. Mas em geral será uma violência ocasional. Eles não são assassinos. Não se dispõem a matar ninguém, nem a planejá-lo ou fazê-lo. Isso é raro. Quando têm uma crise podem desenvolver uma espécie de fusão com alguém próximo a eles, de ódio ou amor, qualquer um dos dois. Podem se apaixonar por você. Podem até tomá-lo em seus braços com uma paixão... com uma ternura que é surpreendente. Ou podem ser capazes de matá-lo. É uma doença terrível. Sou um desses médicos que pensam que é uma doença. Você não faz idéia de como eles sofrem. Lembro-me de Paul Michel, bem no começo. Era um homem muito bonito. Você sabe disso. Bem, suas pupilas estavam gigantescas na noite em que o trouxeram para Sainte-Anne. Eu estava de plantão. Quando estão em crise a pupila pode abarcar todo o olho. Ele não tinha nenhuma consciência de suas ações. Estava muito violento, possuído por uma força extraordinária... totalmente insana.

— Vocês o... trancaram? — Eu fiz uma pausa. — Ou o amarraram?

Tive uma sensação estranha, como se Paul Michel, como um súbito vento seco, estivesse se aproximando cada vez mais. Jacques Martel me ofereceu um cigarro. Ele fez uma pausa e fumamos em silêncio durante alguns instantes. Depois ele disse:

— Bem, quando entrei no serviço, vinte anos atrás, nós os trancávamos. E de fato usávamos camisas-de-força. As camas nos quartos eram atarrachadas no assoalho. Tínhamos guardas nos pátios. Era bastante brutal. E assustador. O hospício não era um lugar agradável. Era opressivo tanto para a equipe como para os pacientes. E tínhamos grades nas janelas. Agora usamos drogas. Mas dá tudo no mesmo, no final das contas. Nós os chamamos de "neuroléptiques". Não sei qual a palavra exata em inglês. As drogas vestem uma camisa-de-força no esquizofrênico. Reduzem o sofrimento deles, mas os transformam em zumbis. E suas personalidades degeneram. Odeio ver isto acontecer. Alguns de meus pacientes ficaram conosco durante décadas. Gradualmente vão perdendo todas as suas faculdades. Eventualmente se tornam vegetais. — Ele deu um suspiro. — Acho que foi por isso que mudei de ramo. Mudei um pouco de direção.

— O que você faz agora? — Eu perguntei ansiosamente.

— Trabalho na prisão. Sou consultor psiquiátrico do governo. Foi isso que o pai dela lhe disse. Loucos e assassinos. Este é o meu negócio.

Ele riu.

— Muitos de seus prisioneiros são loucos?

Eu podia sentir o cheiro do alho fritando na cozinha.

— Humm. Muitos deles são perturbados. Mas às vezes isso é resultado de estar trancado na prisão.

— Todos são assassinos? — Eu estava fascinado.

— Trabalho com poucos assassinos. Mas não faça idéias românticas a respeito deles. Assassinos são pessoas comuns.

Jacques Martel sorriu para mim tranqüilamente. Reparei nos seus dentes pontiagudos e estremeci. Os cubos de gelo tiniram enquanto se dissolviam no meu uísque.

Alucinando Foucault   55

— Mas voltando a Paul Michel. Não aconteceu subitamente a ele. Nunca acontece. Sabemos muito pouco sobre o que causa a esquizofrenia, mas há padrões. Todos os esquizofrênicos têm, como um de seus primeiros sintomas, o que chamamos uma "bouffée délirante aiguë"[11]. — O francês dele de repente soou como uma língua que ele aprendera e não como sua língua nativa. — Isso acontece quando a pessoa tem dezenove, vinte anos, raramente depois dos vinte e cinco anos de idade.

— O que é isso? Parece horrível — minha germanista perguntou. Ela passou seus braços em volta de meu pescoço. Estava cheirando a cebola e a vinagre.

— Bem, é como uma tempestade. Uma tempestade de loucura. Ela prende a personalidade em suas garras. Eles perdem a cabeça. Podem ficar violentos, obsessivos, selvagens. No caso de Paul Michel sua loucura estava de algum modo subsumida sob uma rubrica da política contemporânea. Ele ficou bastante louco em 1968.

Todos nós rimos. O Banco da Inglaterra estava de pé na soleira. Estava usando um maravilhoso avental plástico com uma cabeça de porco na altura do peito e um enorme slogan amarelo:

O PORCO CHAUVINISTA DE HOJE
SERÁ O BACON DE AMANHÃ

— E vocês nem podem adivinhar quem me deu isto no Natal.

Ele ensaiou uns passos de dança. Sua filha pegou suas mãos e fez uma pirueta nos braços dele.

— Mil novecentos e sessenta e oito... Papai, pense só nisso. Não foi muito romântico para você e Jacques?

---

[11] Em francês, no texto. "Um surto delirante agudo." (N. do T.)

56   Patricia Duncker

O doutor riu.

— Ah, sim. Foi sim. Motins nos bulevares. Depois voltávamos correndo para meu apartamento, completamente encharcados de cerveja e revolução, para nos enroscarmos loucamente.

Senti o carpete se mexendo sob meus pés.

— Tudo era muito fluido nessa época — disse o Banco da Inglaterra, dirigindo-se a mim para explicar. — Encontrei sua mãe dois anos depois e aí resolvi cair na loucura.

— Você quer dizer no outro lado — ela deu uma risadinha, beijando-o. — Fico feliz que o tenha feito. Mas continue, Jacques. Não perca o fio da meada. O que aconteceu a Paul Michel? Como é que você sabe isso?

— Está tudo no dossiê. Todos os relatórios. Uma coisa engraçada naturalmente é que ninguém de fato notou nada enquanto a revolução seguia a pleno vapor. Ele estava selvagem, totalmente violento, bêbado, falando sem parar. Mas todo mundo fazia o mesmo. Ele atacou um policial. Aquilo não era incomum. Quem não o fazia? Seu pai e eu derrubamos um debaixo do próprio escudo e sentamos em cima. Depois tivemos que sair correndo para nos safar. Você se lembra?

Ele olhou para o pai dela. Trocaram olhares e foi quando compreendi que ainda eram amantes, vinte e cinco anos depois, e que podiam se apoiar em suas lembranças, uma corda segura, esticada através do abismo.

— Sim, me lembro — disse o Banco da Inglaterra sonhadoramente, embalando sua filha nos braços. Algo assobiou na cozinha. Os dois se viraram e saíram, deixando-me a sós com o doutor. Ele acendeu outro cigarro.

— Paul Michel era um homem extraordinário. Todos os esquizofrênicos são extraordinários. São incapazes de amar. Sabia disso? De amar verdadeiramente. Não são como nós. Em geral são muito perceptivos. É estranho. Têm uma dimensão humana que está além da banalidade dos seres humanos comuns. Não podem amar como uma outra pessoa poderia.

Mas podem amar com um amor que está além do amor humano. Eles têm flashes, visões, momentos de clareza dramática, de revelação. São incapazes de guardar ressentimento ou de planejar uma vingança. De repente ele me olhou intensamente, seus olhos se abrindo.

— Escute — ele disse — tenho o sentido de minha pequenez diante deles. Nós não somos conseqüentes. "Tellement ils sont grands."

Sentamo-nos em silêncio por algum tempo, ouvindo os barulhos borbulhantes na cozinha. Ele continuou, com a mesma intensidade peculiar.

— São pessoas excessivamente egoístas. Também vão além do egoísmo. São como os animais. Sabem quem não gosta deles. São muito intuitivos. E nisso estão sempre certos. Preservam-se contra o mal. Instintivamente, maravilhosamente.

Ele fez uma pausa.

— Paul Michel é assim. Esta era a fonte de seu trabalho de escritor.

Fiquei olhando para as linhas do rosto dele.

— Lembre-se disso. Eu o avisei. Eles não podem amar como nós. Você pode chegar e dizer para um deles que sua mãe morreu. E eles não reagem. Não significa nada. Mesmo sem as drogas.

— As drogas mudam as personalidades deles? — Perguntei ansiosamente. Paul Michel agora parecia terrivelmente perto, uma presença majestosa, ambígua, indiferente, como um colosso diante do qual eu não valia nada.

— Sim — disse Jacques Martel com seriedade —, mudam sim. Adaptamos a dose de acordo com a pessoa e a gravidade de sua doença. Aplicamos uma dose regular. Eles tomam uma injeção uma vez por mês. Mas depois de dez ou quinze anos...

Ele deu de ombros.

— Sim. Eles se transformam. Perdem todo o desejo sexual, todo sentido de si mesmos.

Depois disse: — Às vezes agem como ele. Recusam o tratamento. Preferem o seu sofrimento.

Respirei fundo.

— Então ele ainda está aqui. Quem ele é, quero dizer. Mas louco.

Jacques Martel assentiu com a cabeça.

— Ele não tem direitos legais. Tem um mentor administrativo. O sistema na França é chamado de "la tutelle". Há sempre um representante legal. Alguém que toma conta de suas propriedades, de suas posses, dinheiro, ações. É alguém que faz isto voluntariamente, um "bénévole". Existe uma associação. Em geral são pessoas com algum tipo de status na comunidade: padres, médicos, diretores de escola aposentados. Não ganham nada para fazê-lo. Só suas despesas são reembolsadas.

— Será que vou precisar da permissão dele? Ou dela, se for o caso. Para ver Paul Michel? — Perguntei de repente. O momento era elétrico, mas eu não entendia por quê.

— Não. Por que deveria? Ele não é um prisioneiro. Então você vai mesmo vê-lo? — Os olhos de Jacques Martel não deixavam meu rosto. — Você decidiu ir?

— Tenho um vôo marcado para Paris na quinta-feira.

Ele respirou calmamente.

— Ah... bom — disse. Era a resposta certa.

— O jantar está pronto. Está delicioso. — A germanista dançava, e me abraçou. Um dos caracóis de seu cabelo caiu em cima de minha boca. Ela me beijou e retirou-o.

— Venha e coma — ela disse.

A mesa estava ornamentada de vermelho e branco, como um banquete de gladiadores.

Ela veio até Heathrow de metrô para despedir-se de mim. Sentei-me a seu lado, um pouco calado e triste, segurando mi-

Alucinando Foucault

nhas sacolas. Meus pais tinham pedido para se encontrar com ela. Ela recusou na hora, sem dar qualquer motivo. Toda sua afeição, que tinha borbulhado tão estimulante e inesperadamente durante as últimas semanas, parecia evaporar-se. Ela estava tensa, preocupada, alerta. Eu a observei retirar o carrinho da longa linha de metais ligados em forma de "L", que se estendia diante das portas automáticas como uma cerca numa pradaria, com um pontapé firme de sua bota. Ficamos andando à toa pela sala, olhando para os painéis giratórios. Meu vôo estava anunciado, mas não fôra chamado. Ela empilhou minhas sacolas desafiadoramente na esteira na hora do check-in. Foi aí que percebi como era forte. Os ombros estreitos e leves que a faziam parecer tão frágil sob o paletó preto e o jeans eram ilusórios. Fiquei olhando para ela, vendo mais uma vez uma estranha. Os olhos de coruja voltaram-se para mim.

— Vou comprar um suco de laranja — ela disse. — Está quente. Suco de laranja natural é melhor do que coisas químicas.

E lá se foi ela.

Assim que chamaram o vôo ela se virou para mim e pegou minha mão.

— São apenas dois meses — eu disse —, dois e mais um pouquinho.

Mas disse isso para consolar a mim mesmo. Eu agora estava completamente convencido de que ela não dava a mínima para minha volta: — Eu vou escrever. Você também?

— Claro, vou escrever para você. Boa sorte. E não se esqueça do que você vai fazer lá. Prometa-me.

Ela adejou, como um pássaro branco gigantesco, seus olhos dourados bem dilatados.

— Prometo.

Ela me deu um beijo, não nos meus lábios, mas em meu pescoço, bem debaixo do meu ouvido. Um longo arrepio tomou conta de mim, como se tivessem me arranhado. Então ela tomou meu braço e caminhou comigo até a entrada que leva aos detectores de metal. Quando eu entrava na sala de embarque tive um último relance dela, séria, observando. Ela não acenou. Ficou simplesmente me olhando partir. Sentei-me numa cadeira de plástico e chorei em silêncio, como uma criança abandonada, nos próximos vinte minutos.

PARIS

Minhas lembranças daqueles primeiros dias em Paris são como uma seqüência de fotografias pós-modernas. Vejo as grades metálicas padronizadas em volta da base das árvores nos bulevares. Vejo os eixos da cidade desdobrando-se numa longa linha cintilante de árvores e de maciços edifícios simétricos. Cheiro a água correndo pelas sarjetas, ouço o rítmico rumor das vassouras plásticas, moldadas como as de bruxas, enquanto os limpadores de rua passam em verde luminoso. As ruas cheiravam a Gauloises e a urina. Eu vivia de pedaços de pizza e Coca-Cola. Piso em merda de cachorro e em refugos. Meu quarto ficava no quinto andar de uma residência estudantil no décimo primeiro arrondissement. Tinha paredes cremes rachadas e uma bacia manchada. O linóleo verde-vômito fôra cuidadosamente torturado com marcas de cigarros. Cheirava a tênis mofado e a alvejantes. Empilhei todos os meus livros, papéis e coragem e depois saí para gastar dinheiro num pôster e num vaso de plantas como preventivos para o suicídio. Havia um curso de férias de uma escola americana do Texas instalada na outra extremidade do corredor. Os alunos estavam divididos em dois sexos, mas pareciam clones, pois eram todos corpulentos, louros, bronzeados e alegres.

No domingo de manhã eu caminhava pelo Marais espiando as vitrines incrivelmente caras das lojas de antigüidades e ia terminar na rue de Rivoli. Observava o sol fazendo linhas retas compridas na pedra cinzenta, os garçons de aventais brancos compridos varrendo os bares e tirando as cadeiras de cima das mesas. Algumas lojas ficavam abertas, camisas e jóias baratas espalhavam-se pelas calçadas. Eu abria caminho no

Alucinando Foucault 65

meio de um monte de gaiolas vazias. Na vitrine, uma flotilha de peixes tropicais num tanque iluminado circulava miseravelmente, suspensa em longos vôos de bolhas. Olhavam estupidamente para fora do vidro grosso. Eu devolvia o olhar, igualmente aprisionado e infeliz. Não tinha a menor idéia de aonde estava indo. O trânsito acumulava calor e força. Lá pelas dez horas, já fazia quase trinta graus debaixo dos toldos.

Atravessei um trecho ensolarado, passei por um anúncio empastelado do construtor e me vi diante dos triângulos negros cintilantes das pirâmides no pátio do Louvre. O cascalho fôra cuidadosamente varrido e estava limpo dos detritos. Os turistas olhavam para as galerias lá embaixo. Quando estive pela última vez em Paris, a nova entrada ainda não estava terminada. Olhei para as sinistras formas pontiagudas. Ao ficar diante do maior dos triângulos, a forma começou a adquirir sentido, consolidada sob uma espécie de compromisso meu com ela. Eu estava vendo um prisma que permanecia mascarado e que, em vez de refratar a luz, simplesmente a refletia. Vi-me na base de dois triângulos que se entrelaçavam. Foi então que tive a sensação peculiar de que algo me estava sendo revelado, mas eu ainda não tinha meios de penetrar no código, não havia nenhuma maneira de entender as superfícies lacunares, planas. Era como ver uma nova linguagem escrita pela primeira vez. Fiquei observando um signo que não me entregaria seu significado. Lembro-me disso porque parecera estranho naquela época.

Eu me virei e caminhei até o cais.

Dois vagabundos estavam sentados na escada, disputando uma garrafa cheia de vinho tinto entre si e conversando muito seriamente. Quando passei por eles soltaram uma série de resmungos abafados. Eu me virei e olhei para seus rostos. Um deles, apesar de sua fronte vermelha, atormentada, era certamente jovem; não era muito mais velho do que eu. Retribuíram o olhar. Desci até as pedras quentes, olhando para a água cinzenta, procurando um lugar vago na sombra. Lá em cima o trânsito voava apressadamente. Por fim encontrei um canto na ilha, de frente para a Pont des Arts, agora reaberta, pintada de novo, reconstruída. Fora de alcance, como se eu me recolhesse na sombra do verde oscilante, o sol transformando as pedras da pavimentação numa grande onda de luz branca selvagem. Sentei-me para ler Paul Michel.

Não sei se foi o calor, a solidão, a sensação estranha de estar a sós com ele naquela imensa cidade infestada de turistas, ou a consciência peculiar de ter sido escolhido por razões que não compreendia, mas naquele dia, pela primeira vez, ouvi o escritor que ainda estava ali, mesmo através do grande deserto de sua insanidade, mesmo através da remota serenidade de sua prosa. Ouvi uma voz, perfeitamente coerente e clara, que sussurrava coisas aterradoras.

Paul Michel vivera no perigo. Ele jamais possuíra uma propriedade. Jamais tivera um emprego. Vivera em pequenos quartos e em lugares altos. Investigara nas ruas, nos cafés, nos bares, nos jardins de Paris: ao longo dos canais, debaixo das rodovias, ao longo do rio, em bibliotecas, galerias, mictórios. Mudava de um quarto para outro, uma corrente incessante e infinita de endereços diferentes. Possuía muito poucos livros. Não tinha nenhuma mala. Fumava quase cinqüenta cigarros por dia. Dirigiu uma série de carros bem avariados. Quando um quebrava, ele o jogava fora e comprava outro igualmente decrépito. Cada franco que ganhava vinha de seu trabalho de escritor. Nunca economizou um só centavo. Não investia em nada. Não tinha amigos íntimos. Nunca voltou para a casa de seus pais. Gastava todo seu dinheiro com bares e rapazes. Ocasionalmente trabalhou nas ruas, acertando o preço, fazendo exatamente aquilo para o qual fôra pago e depois jogando o dinheiro na cara do homem que lhe pagara por sexo. Provocava deliberadamente os outros. Metia-se em brigas. Começava as brigas. Uma vez esfaqueou um amigo, mas foi liberado. Foi preso por bebedeira e violência. Passou quatro noites na prisão. Xingou o apresentador na televisão e depois

Alucinando Foucault   67

ameaçou um dos câmeras. Recusou convites para soirées literárias no Elysée. Nunca teve nada a ver com mulheres, mas nunca falou contra elas. Pelo que eu podia avaliar jamais amou ninguém. Mas todo verão voltava para o Midi. Passava os dias lendo e escrevendo, escrevendo incessantemente, rascunho atrás de rascunho. Seus livros eram datilografados numa firma que trabalhava com teses de doutorado, dissertações de estudante e trabalhos eventuais. Depois destruía todos os seus manuscritos. Sua prosa era irônica, descomprometida, distanciada. Observava o mundo como se fosse um teatro em contínua atividade, desdobrando-se incessantemente, ato após ato. Não tinha medo de nada. Vivia no perigo.

Eu nunca assumira um só risco em toda a minha vida. Mas agora estava fazendo a coisa mais perigosa que jamais fizera. Estava ouvindo, e ouvindo atentamente, Paul Michel. Além da escrita, através da escrita, pela primeira vez, ouvi sua voz. Fiquei terrivelmente assustado.

Na segunda-feira pela manhã, aturdido e levemente bronzeado, me apresentei para o trabalho no arquivo. Eu me sentia seguro porque, afinal de contas, nada podia me acontecer numa biblioteca universitária. Não havia esquema de segurança na porta. A zeladora olhou-me morosamente, ouviu minha explicação hesitante e apontou um corredor ilimitadamente verde, resmungando a respeito de uma "inscription des étrangers... gauche". O arquivo estava alojado temporariamente em três salas enterradas em anexos bem afastados por trás da simetria clássica da biblioteca universitária frente ao Panthéon. Fôra pintado recentemente e cheirava a consultório de dentista, com cremes e beges anti-sépticos. A sala de leitura tinha mesas de pinho sem marcas e lâmpadas verdes para as mesas. Eu podia ver uma mulher jovem cercada pelos tabiques. Tinta e canetas eram proibidos. O apontador de lápis estava preso à escrivaninha da secretária administrativa. Ela me olhou com um desprezo suspeitoso.

— Oui?

Comecei a pedir desculpas por minha existência num francês hesitante.

A secretária era de idade incerta e muito agressiva, sua contenção maldosa tornada opaca pela maquiagem, cada traço enfatizado por batom e delineador sobre a base, com sombra laranja. Vislumbrei garras vermelhas na ponta de seus dedos, colocados sobre o teclado.

— Você tem uma carta de apresentação? — Ela respondeu, áspera.

Meu orientador me avisara. E de fato eu tinha duas: uma em francês elegante, livresco, do meu orientador, em papel timbrado da Universidade Pembroke. A outra em inglês, da secretaria da Faculdade de Letras Modernas, explicando por que eu precisava usar o arquivo. A da secretaria da faculdade tinha mais timbres oficiais e claramente possuía mais crédito. Mas por um instante horrível pareceu que ambas seriam inadequadas. Ela me deixou esperando sentado, olhando para a pintura recente e as paredes vazias enquanto conferia minhas credenciais com o diretor. Passei no teste de pesquisador do arquivo em cinco minutos e logo estava sentado ao lado de um americano, que parecia um executivo de publicidade, espiando as microfichas. Encontrar minhas referências foi fácil. Só uma gaveta no catálogo estava destinada a Paul Michel. E só havia uma única peça de informação suplementar.

> *Cartas para Michel Foucault: filósofo 1926-1984*
> *Ver FOUCAULT, M.*

Preenchi a ficha e a estendi para o rosto maquiado, agora já sem expressão.

Imediatamente surgiu um outro obstáculo.

— Estas cartas foram reservadas — ela disse. — Não creio que possa vê-las.

— Reservadas?

Alucinando Foucault

— Sim. Há um outro pesquisador trabalhando com elas. Estas cartas não estão disponíveis para consulta.

— Será que ele ou ela está trabalhando agora?

— Estão reservadas para publicação — ela sibilou.

De repente eu me tornei obstinado.

— Mas só quero lê-las.

— Preciso verificar.

Ela desapareceu de novo. Sentei-me cheio de raiva. Eu viera de longe até Paris para ler aquelas cartas. Olhei para o inocente executivo americano que decerto não tinha nenhum interesse especial nem em relação a Foucault nem em relação a Paul Michel. Foi quando a secretária retornou. Ela recitou uma fórmula.

— As cartas em questão foram compradas para publicação pela Editora da Universidade de Harvard. Todos os direitos reservados. Pode ler os manuscritos, mas fotografar, fotocopiar ou reproduzir qualquer passagem está proibido. É preciso assinar um compromisso neste sentido. Além disso, terá que fazer uma declaração detalhada quanto aos motivos pelos quais deseja ler esses manuscritos e o uso que pretende fazer da informação contida neles. Toda publicação, incluindo resumo ou comentário detalhado em qualquer forma que seja, está proibida. Esta declaração será enviada com seu nome, profissão e endereço institucional para os proprietários do *copyright*. Esta declaração tem valor legal.

Eu assenti com a cabeça, atônito.

— Vá para a sala de leitura e escolha uma mesa.

Afiei meus lápis com muito, muito cuidado enquanto ela ficava a meu lado, como se tivesse todo o tempo do mundo à sua disposição. Então fiz um sinal de cumprimento com polidez agressiva. Eu tinha dado o troco.

Cada uma das cartas ficava dentro de uma folha de plástico transparente, fechada, mas era possível abri-las e tocar no próprio escrito. As primeiras cartas datavam de maio de 1980 e a última fôra escrita a 20 de junho de 1984. Tinham sido escritas a intervalos regulares de um mês a seis semanas. Dei uma olhada na caligrafia: grande, rápida e freqüentemente ilegível. Paul Michel escrevera em laudas de formato A4, que raramente teriam sido dobradas. Algumas cartas não tinham dobras no papel. Tampouco estavam acompanhadas por envelopes. Alguém organizara as cartas e cada uma tinha um número e um selo estabelecendo que estava sob os cuidados do arquivo da Universidade de Paris VII, mas que pertencia em última instância ao Estado. Não havia índice datilografado, nem lista de conteúdo e nem sumários em anexo. Eu tinha seus escritos diante de mim, sem mediação, crus, obscuros. Balancei minha cabeça cuidadosamente e tentei ler. Não conseguia entender nada. Cada carta fôra datada cuidadosamente com o dia, o ano. Às vezes havia o nome de um lugar de Paris, St. Germain, rue de la Roquette, rue de Poitou, Bastille, mas raramente qualquer número ou endereço preciso. Senti que estava começando a ouvir uma conversa privada e que estava ouvindo apenas um lado do encontro. No início tudo era sem sentido, uma intimidade que guardava todos os seus segredos. Quase todas as cartas tinham a mesma extensão, de quatro a seis laudas em formato A4. Eram extraordinariamente difíceis de decifrar. No princípio eu só podia identificar duas ou três palavras por linha, depois lentamente, muito lentamente Paul Michel começou a falar de novo. Mas desta vez não estava falando comigo.

15 de junho de 1980

Cher maître:
Obrigado por seus generosos comentários sobre Midi. *Sim, foi um livro mais pessoal e portanto não recebeu qualquer prêmio. Seja como for sou grato por isso. Aqueles a quem nosso establisment literário deseja asfixiar eles sufocam com o Prix Goncòurt. Foi como uma almofada em cima de meu*

rosto. *Voltei ao caminho que escolhi. Também estou surpreso e satisfeito que você tenha reparado no episódio com o menino na praia. Sabia que eu estava assumindo um risco.* O público fica histérico à menor pista do que pode ser lido como pedofilia. Seus piores temores se realizam: todas as praias francesas habitadas por homossexuais predatórios atacando menininhos e corrompendo a inocência deles. Os heterossexuais escaparam impunemente disso — pense em Colette. Mas só uma resenha descreveu o incidente como repugnante. E quanto aos americanos — bem, é isso que eles esperam dos franceses. Não tive que cortar uma só palavra para a tradução. Talvez eu devesse ter punido meu narrador matando-o como Thomas Mann faz com Aschenbach. Apenas para resguardar sua querida moral burguesa. Será que lhe contei que foi baseado num incidente real? Contarei de novo a história numa outra ocasião; foi inesquecível, bizarra. Nada que tenho escrito é autobiográfico. Ou pelo menos não estritamente, mas é evidente que cada palavra está saturada de minhas preocupações, de meus interesses. Às vezes uma figura, um rosto, uma voz, uma paisagem irá compor uma figura em minha mente, começará a habitar minha memória, pedindo para receber uma nova forma na escrita. Foi assim com a criança na praia.*

Nunca precisei procurar uma musa. A musa é em geral uma peça de nonsense *narcísico sob forma feminina. Ou pelo menos é isso que a maior parte da poesia dos homens revela. Prefiro uma versão democrática da musa, um camarada, um amigo, um companheiro de viagem, ombro a ombro, alguém com quem compartilhar o preço desta longa e dolorosa jornada. Assim a musa funciona como um colaborador, às vezes como um antagonista, alguém como você, mas o outro que está contra você. Estou sendo idealista demais?*

Para mim a musa é a outra voz. Através das vozes clamorosas que todo escritor é forçado a suportar, há sempre uma resolução final em duas vozes; o grito apaixonado com a força desesperançosa de seu próprio idealismo — isto é a voz do fogo, do ar — e a outra voz. Esta é a voz anotada com a mão esquerda — terra, água, realismo, sentido, senso prático. Assim há sempre duas vozes, a voz segura e a perigosa. A que assume os riscos e a que avalia o custo. O crente conversando com o ateu, o cinismo se dirigindo ao amor. Mas o escritor e a musa deveriam ser capazes de mudar de lugar, falar com ambas as vozes para que o texto se desloque, se funda, troque de mão. As vozes não são propriedade de ninguém. São indiferentes a quem fala. São a fonte da escrita. E sim, naturalmente, o leitor é a musa.

Penso que tudo quanto poderia guardar da versão comum da musa seja a inevitabilidade da distância e da separação, que é a faísca que abastece o desejo. A musa não deve nunca ser doméstica. E nunca pode ser possuída. A musa é perigosa, elusiva, inenarrável. A escrita se torna então a aposta de um jogador, as palavras são arremessadas com seu naipe, ganham ou perdem, para que o leitor as apanhe. Somos todos jogadores. Escrevemos para nossas vidas. Se, em minha vida ou em meus escritos, houvesse alguém que pudesse ser descrito como minha musa, de maneira bastante irônica, seria você. Mas suspeito que será antes reconhecido como meu mestre do que como minha musa. Você é meu leitor, meu amado leitor. Não conheço nenhuma outra

Alucinando Foucault

pessoa que tenha um poder mais absoluto para me constranger, ou para me libertar.

Bien à vous,
Paul Michel.

10 de julho de 1981
Cher maître:
Você me pergunta o que estou escrevendo. Bem, você seria a única pessoa a quem eu confidenciaria sobre minha obra em andamento. Às vezes sinto que minha escrita é o segredo perverso e culpado, o segredo real, o tema-tabu sobre o qual nunca falo, até que subitamente um outro livro surge, como um número de um mágico. Não faço segredo do que sou, mas escondo o que escrevo.

Havia temas sombrios em Midi, mais sombrios do que os de La maison d'été, que era, no fim de contas, simplesmente a anatomia de uma família e através deles, uma perspectiva sobre a França. E mais a França do que Paris. Você e eu vivemos em Paris. Sinto às vezes que sabemos muito pouco sobre a França. Só sabemos o que podemos lembrar. Recorri a suas lembranças assim como às minhas para escrever o livro. Você foi discreto demais para comentar. Bem, agora estou trabalhando com material mais perigoso, mais obscuro. O título provisório é L'évadé; perdi uma manhã ocupando-me com meus tradutores americanos, que parecem ter grande dificuldade com meus títulos e sistemas de tempos verbais. Há momentos em que gostaria de não falar inglês e que, assim, não tivesse de cavilar com as idiotices deles.

Você capta a matéria da história, eu capto a substância crua do sentimento. Deles criamos formas, e estas formas são os monstros da mente. Ar-

74   Patricia Duncker

ticulamos nossos medos, como crianças no escuro, dando-lhes nomes para domá-los. E sim, L'évadé é a história de um prisioneiro, um prisioneiro que fugiu, um homem culpado que não cumpriu sua sentença, que procura a liberdade que todos procuramos, sejam quais forem os crimes que tenha cometido. Ninguém é sempre inocente. Quis escrever uma história de libertação ambígua. Empreender a fuga não significa necessariamente que escapemos sempre. E quanto a meus métodos? Você pergunta a respeito de meus métodos. Aqui não há segredos. Confiro meus detalhes, datas, fatos. Faço o trabalho de desbravamento, a pesquisa necessária. Mas isso é apenas o começo, a preparação do terreno, a escrita em si pertence a outra ordem de trabalho. Você vai rir se eu lhe disser que a comparação mais próxima que posso fazer é com a missa que éramos forçados a ouvir toda manhã quando eu era educado pelos monges. Aquelas manhãs cobertas pela geada, quando sair de uma cama quente, especialmente se tivesse sido compartilhada, era uma tortura. Arrastar-se em fila ao redor dos claustros, remexendo com luvas de lã em busca do lugar nos salmos, ajoelhar-se na igreja lúgubre, escura, ver o hálito embranquecer o ar. Às vezes, mesmo aqui nesses quartos nus, quando sopro minhas mãos pela manhã, lembro-me desses dias. Posso lembrar-me até da vigilância dos monges quando lançava olhares de relance para captar o olho de algum dos meninos mais velhos que eu estava tentando seduzir. O cheiro do velho incenso e da cera branca aderindo aos bancos do coro, o desejo obscuro e tateante que sentíamos um pelo outro, e acima de tudo, a missa. Kyrie, gloria, credo, sanctus, benedictus, agnus dei. Eu tinha toda a concentração de uma raposa no cio quan-

Alucinando Foucault

do tinha treze anos. *A inquietação em meus ossos. No entanto todo dia, quando me sento para escrever, o cobertor listrado por cima dos ombros, mergulho naquela época. A mente flutua com a aparição da missa, abrindo-se como um leque diante de mim. Mergulho no espaço vazio, frio que ela cria; apoiome sobre a minha mão esquerda. Começo a escrever. A partir da memória e do desejo faço figuras. Volto àqueles longos dias gelados na sala de aula, o dourado acima de nós no outono, mordendo nossos cachecóis enquanto corríamos ao longo da beira das estradas, espalhando as folhas. Toco o prazer da sensação nessa perda da inocência, a fuga da banalidade para dentro de um vórtex de desejo e dor, nossos primeiros amores, o primeiro abraço na árvore proibida e a alegria de nossa fuga do Éden. Não há nada tão pungente ou traiçoeiro quanto o amor de um menino.*

Mesmo nessa época, eu via a escuridão que vejo agora. Mas era como uma sombra no canto do olho, um movimento súbito como quando um lagarto desaparece por trás do postigo. Entretanto, nos últimos anos, senti a escuridão ganhando terreno, expandindo-se como uma mancha pelo dia afora. E observei a escuridão chegar com completa serenidade. A porta fica sempre aberta, para deixar a escuridão entrar. É de posse deste conhecimento também que irei escrever. E nada tenho a temer.

Há uma outra figura que volta. Uma noite, caminhando sozinho pelo Midi, numa cidade que mal conhecia, estava à procura, sim, suponha que estava atrás de homens encostados em seus carros no escuro, observando o brilho de seus cigarros nas portas de entrada quando passei pela igreja. E ouvi o grito de uma coruja irrompendo na escuridão.

Olhei para cima. Ela repentinamente decolou das limeiras lá no alto, iluminadas por baixo, uma grande coruja branca, seu estômago esbranquiçado na escuridão, suas grandes asas brancas abertas, gritando na noite, dirigindo-se para a escuridão. E enquanto eu seguia seu vôo na escuridão, a noite pareceu ter uma substância sólida, uma matéria a ser escrita. Não posso acreditar que eu tenha algo a temer.

Bien à vous,
Paul Michel

30 de setembro de 1981

Cher maître:
Como é estranho que sua lembrança do frio durante a missa seja tão semelhante. Nossos tempos de escola são um pesadelo compartilhado. Minhas lembranças mais intensas datam da minha infância. Espero que seja um fenômeno universal. Vivíamos num grande apartamento na rue Montgaillard, em Toulouse. Minha mãe costumava estender o varal através da rua com um mecanismo de roldana ligada à janela de sua vizinha. E elas compartilhavam o varal. Lembro-me dela chamando Anne-Marie, Anne-Marie, na direção da janela toda vez que ia usar o varal. Os aluguéis desses apartamentos na rua estreita agora são colossais.

Eu era apenas uma criança e passava a maior parte do dia ajudando minha mãe, estendendo os pregadores de roupa, dobrando os lençóis e aquecendo o ferro no fogão do apartamento. A entrega de madeira era feita uma vez por semana e eu carregava as toras uma a uma, da escura escadaria azulejada até o armário na cozinha onde minha mãe guardava sua reserva de madeira. Ela vivia como uma mulher do interior no meio da cidade. Criava

Alucinando Foucault

tomateiros e ervilhas na varanda, cujo cheiro dominava as noites de verão. Lembro-me do som da água suja, a água dos pratos, a água correndo, escorrendo dos apartamentos para a rua, os ferrolhos batendo à noite, as famílias discutindo por trás das portas fechadas.

Meu pai estava freqüentemente fora de casa, fazendo consertos nas vias férreas. Voltava tarde da noite, sujo e cansado, e estava proibido de me beijar enquanto não tomasse banho. Ela era fantasticamente limpa. Esfregava tudo: a cozinha, os jarros, os lençóis, as escadas, papai, eu. Lembro-me do cheiro daquele sabão duro, sem perfume, quando meu pai abria seus braços, esfregados até que a pele ficasse vermelha e os cabelos ainda molhados, e dizia: "Alors viens, petit mec". E lembro de como eu recuava quando ele me beijava.

Meu pai era território estrangeiro, que devia ser atravessado com cuidado, mas eu conhecia cada cheiro e cada curva do corpo de minha mãe. Nos dias de verão, quando ainda estávamos morando na cidade, ela dormia de tarde e eu dormia a seu lado, enrolado na textura brilhante e no corpete rendado da combinação dela. Ela cheirava a lavanda e a unha esmaltada. Eu costumava olhar, fascinado, para as estranhas curvas convexas de seus dedos do pé pintados como se fosse o signo único de um par de sapatos invisíveis. Às vezes ela dormia de bruços com os braços cruzados, como um combatente morto. Eu me enroscava junto a ela, sentindo-me como um feto abortado, não ousando indicar que ainda estava vivo. Quando fazia meus deveres de casa, ela ficava cozinhando, debruçando-se sobre meus livros, corrigindo meus verbos, meus mapas, minhas datas, minha matemática enquanto pulverizava as verduras, enrolava as massas, ou observava o molho subir com terrível concentração. *Ela pechinchava nos mercados, vestida para visitar seus vizinhos, posando como uma mulher glamourosa e ousada quando fumava seus cigarros. Ela adorava cinema. Meu pai ganhava bem, assim eles saíam com freqüência. Deixavam-me com Anne-Marie, que me dava doces e contava histórias aterradoras.*

Minha mãe viera dos vinhedos de Gaillac. Seu pai era proprietário de vinhas. Eles viviam simplesmente, mas não eram pobres. Quando a guerra na Algéria acabou, o pai dela foi um dos primeiros a aceitar os pieds-noirs[12], os quais trouxeram seu conhecimento dos vinhedos perdidos da África. Gaillac era famosa por seus vinhos brancos. Foi a chegada desses imigrantes que transformou a produção de vinho nesta área. Nós saíamos para ficar nas colinas suavemente quentes durante os meses de verão. Lembro-me da casa com seus tijolos estreitos e sua fila perfeita de janelas com pastilhas em forma de losango debaixo dos entalhes recuados da cornija, atrás do beiral seco que escorria para o cascalho em regulares torrentes flauteadas durante as tempestades.

Minha avó conversava o tempo todo num tom baixo e suave, com seus patos, gatos, galinhas, seus cães indiferentes, seu marido e seu neto. Parecia que estava sussurrando instruções secretas que ninguém entendia. Os aldeões chamavam-na de "pauvre vieille" e diziam que ela sempre fôra assim, desde os primeiros anos de seu casamento. E diziam que tinha sido bonita, orgulhosa, e independente, mas quando se casara com Jean-Baptiste Michel, destruí-

---

[12] Nome dados aos colonos franceses que viviam na Argélia. (N. do T.)

ra tudo e batera a porta na cara de sua própria felicidade. Ele era um homem que não sabia o significado de concessão ou de perdão.

Numa noite, ela saiu correndo para a casa de seus pais, o sangue cobrindo a frente da blusa dela, sem casaco, aterrorizada e gritando. Jean-Baptiste Michel foi buscá-la de manhã, e ela voltou sem protesto, abjeta e derrotada. Depois disso começou a falar em sussurros com seus animais. Ninguém provocava Jean-Baptiste Michel sem sofrer as conseqüências. A única pessoa capaz de detê-lo era minha mãe. Ela era sua filha única. À sua maneira, suponho, que ela o amava. Interpunha-se entre ele e minha avó sussurrante. Eu a vejo levantando a cabeça no meio de suas verduras, em alerta diante do som de seus passos. Eu a vejo torcendo suas camisas em espirais, retiradas da bacia de alumínio com cuidado concentrado. Eu a vejo observando-o nas refeições, antecipando seus pedidos. Eu a vejo pegando a bolsa para lhe dar dinheiro quando saía. Ela sempre me alimentava antes que ele chegasse em casa para que eu não o irritasse ou respingasse nele ou ficasse tagarelando à mesa. E às vezes ele a observa cuidadosamente e ela dá com o olhar dele como se houvesse compreensão entre os dois. Ouço a voz dela, baixa e rítmica como um tambor, lendo alto durante a tarde. As costas largas dele inclinam-se para ouvi-la, seu rosto está na sombra. Ele é enorme, monstruoso. Estou vendo Ariadne e o Minotauro.

Ela começou a se sentir cansada, uma lassidão que sabotava sua energia pela manhã. Vi as marcas debaixo de seus olhos escurecendo e se aprofundando. Não ia mais a Gaillac nos fins de semana. Anne-Marie vinha ajudá-la a me levar para a escola e dava uma mão nas tarefas domésticas. Jean-

Baptiste Michel recusava-se a ouvir qualquer um dizer que ela estava doente.

— Ela é preguiçosa, é só, ele retrucou. Acha que ela é boa demais para trabalhar.

Mas até eu notava os sussurros e os silêncios rondando a exaustão dela, a terrível rachadura amarelada de sua pele que se enrugava. Ela envelhecia e se encolhia diante de meu olhar assustado. Seus grandes seios se retraíam e suas nádegas decaíam. Eu tinha chegado em casa de volta da escola. A porta do quarto foi fechada às pressas. Meu pai estava curvado sobre a mesa, chorando. Anne-Marie, com o rosto aprumado e implacável, as mãos entrelaçadas, se postou diante de mim.

— Sua mãe nos deixou, mon petit. Ela está feliz no céu com Nossa Senhora e os anjos. Disse cada palavra com uma certeza medida e devastadora.

Ganhei uma bolsa de estudos para a escola beneditina e meu pai me mandou para lá durante o ano letivo. Nas férias eu ficava sob os cuidados de meus avós em Gaillac. Nunca mais voltei para casa. E adotei o nome de meu avô.

Bien à vous,
Paul Michel

Paris, 1º de junho de 1984

Cher maître:

Não, eu raramente trabalho diretamente sobre minhas lembranças. Mas é meu passado que fornece os limites estabelecidos de minha imaginação. Nossas infâncias, nossas várias histórias, vividas até a medula, não são as camisas-de-força que pensamos que são. Eu retrabalho a intensidade desta capacidade de perceber, as mudanças de escala, de cor;

Alucinando Foucault

os silêncios em volta da mesa enquanto uma família deita seus garfos, o uivo de um cão preso ao monte de lenha enquanto a chuva de granizo se forma no céu de inverno, os anos em que o outono não chega, e só o cinza do inverno e a massa de folhas molhadas logo cobre o cascalho em Toussaint. Ainda vejo os crisântemos cheios de brotos brancos, brilhando no túmulo de minha mãe no patético cemitério no alto de nossa cidade entre as colinas das vinhas. Eu costumava levar meu próprio vaso de botões de lilás que mal começavam a se abrir para depositá-lo no cascalho verde do túmulo dela. — Compre o vaso com as flores ainda em botão — ordenava meu avô. Ele tinha má vontade com ela, ainda que as cores se manifestassem. Mas ali no cemitério vazio, murado, as flores irão se abrir, num gesto de consentimento, quando não há ninguém para ver.

Você me perguntou sobre os homens em minha família, meu pai, meu avô, meus primos. Devo ser cínico — e honesto. Eles eram o que me tornei: rabugento, taciturno, violento. As refeições eram na maioria silenciosas, interrompidas apenas pelos pedidos de mais pão. Meu avô era brutalmente bem-apessoado, um homem enorme de costas largas, com a mente voltada com determinação na direção do lucro. Sabia como delegar responsabilidade, mas não confiava em ninguém. Ele punha seus dedos em cada raiz do vinhedo. Tirava proveito de seus cálculos. Pechinchava com os atacadistas. Provocava os inspetores. Brigava com os vizinhos. Foi para outra região em busca de seus barris, onde conseguiu um negócio melhor. Fez com que os fabricantes de tonel pagassem o custo do transporte. Foi o primeiro em Gaillac a investir no sistema mecânico moderno.

Passou dois anos na Argélia e voltou convencido de que a França devia abandonar o território, apesar de sua riqueza e beleza, baseado apenas em que não era negócio ocupar a terra de um outro homem.

Eu o vejo andando pelas vinhas, seu velho casaco colocado sobre suas costas fortes, inclinandose sobre as estacas retorcidas, a podadeira em suas mãos avermelhadas, tocando a casca muda, áspera, suas botas pesadas de terra. Todo mundo na casa tinha medo dele.

Um de seus cães mordeu uma criança no rosto. Ela tinha dez anos. Vejo a criança branca, chorando, duas marcas púrpuras profundas uma de cada lado do nariz, o lábio superior, cortado, o sangue escuro borbulhando em sua boca. Meu avô não matou o animal como poderia facilmente ter feito. Sua arma carregada continuou encostada na porta do lavatório. Ele espancou o cão até a morte com um porrete no galinheiro. Ouvimos uma seqüência terrível de uivos e golpes. Minha avó fechou a janela. Quando ele voltou, com as mãos cobertas de sangue, o sangue da criança, eu disse que a criança, filha de um vizinho, tinha sido responsável. Ela provocara o cão. Com um passo ele ficou do meu lado e me pegou pelos cabelos. Antes que minha avó pudesse intervir, ele quebrou meu nariz.

— Está bem. Vá e chore na saia de sua vó — ele gritou, me empurrando para fora da cozinha.

O médico, envolvendo meu nariz numa atadura de plástico e me cobrindo de bandagens, de modo que fiquei parecido com Fantômas[13], ou o homem invisível, disse: — Por que você foi provocá-lo, petit?

---

[13] Personagem célebre de um seriado francês de aventuras da época do cinema mudo. (N. do T.)

Ninguém provoca Jean-Baptiste Michel e escapa. Aprenda agora esta lição. Quando ficou mais velho, mais lento, comprou uma televisão e ficava sentado, paralisado, hipnotizado pela tela. Quando estava morrendo ficava olhando para o espaço com olhos trêmulos, vacilantes, como se ainda estivesse seguindo as imagens em preto e branco que se moviam.

Lembro-me do meu avô do lado de fora, sempre do lado de fora, seus braços grandes bronzeados pelo calor e pela poeira, seus olhos firmes nos tonéis de vinho, amarrando os cilindros cheios do veneno que ele usava para tratar as vinhas com seu trator, testando a pulverização. Empregava dois homens, que o amavam incondicionalmente. Ele ignorava minha avó sussurrante. Ela falava com ele continuamente num zumbido baixo, persuasivo. Ele nem ouvia nem respondia. Ouço-o saindo de casa na aurora escura, seus pés pesados sobre os azulejos no corredor, as correntes do cachorro na poeira quando ele atravessava o portão. Então, e só então, eu me ajeitava na cama, seguro, aliviado, certo de que a casa estava livre de sua presença.

Eu só o vi bater numa mulher uma vez. Não sei se é algo que imaginei, porque é uma cena de que eu precisava lembrar, ou se realmente testemunhei o acontecimento.

É fim de outono e as luzes estão acesas na casa. Minha avó está na igreja assistindo a aula de catecismo. Hoje eu a ajudei a limpar os túmulos da família. Há musgos nas minhas unhas e minhas mãos estão rachadas e vermelhas. Estou do lado de fora da casa, voltando para ela. Ouço vozes alteradas no pequeno quarto de dormir que compartilho com minha mãe. A porta da frente está entreaberta. Há la-

ma na soleira da porta e nas lajes. Ouço a voz de minha mãe, profunda em seu peito, não, não, não, não. A porta de nosso quarto de dormir está aberta e meu avô, com seu casaco e suas botas, está em cima dela. Os braços dela estão rígidos, suas mãos agarrando a colcha. Ela grita, mais uma vez e outra vez, não, não, não, não, não. Com uma bota enlameada ele fecha a porta atrás de si e ouço o ruído surdo de sua mão contra o rosto sem resistência que ele puxa para baixo. Então a altura do grito dela muda horrivelmente. E eu tropeço, recuando na cozinha até a estrada, deixando o portão proibido aberto atrás de mim, lá nas vinhas escuras, bem no alto da cidade, ansiando por ar fresco, desaquecido. Ninguém provoca Jean-Baptiste Michel e escapa. Por que compreendi tão facilmente essa lição de medo que minha mãe nunca foi capaz de ensinar? Você me pergunta sobre aquilo que mais temo. Não é minha própria morte, certamente não é isso. Para mim, minha morte será simplesmente a porta se fechando suavemente para os sons que perturbam, obcecam e perseguem meu sono. Nunca cortejei a morte, como você faz. Você vê a morte como seu parceiro de dança, o outro com os braços à sua volta. Sua morte é o outro que você espera, procura, cuja violência é a resolução de seu desejo. Mas não aprenderei minha morte com você, que se diverte num sonho fácil de escuridão e sangue. É um flerte romântico com a violência, o filho bem-educado do médico chapinhando nos esgotos, antes de voltar para casa e transformar tudo numa polêmica barroca que o tornará famoso. Escolho o sol, a luz, a vida. E sim, naturalmente nós vivemos à margem. Você me ensinou a habitar os extremos. Você me ensinou que as fronteiras de viver e pensar são os únicos mercados a que o conhecimento pode ser levado, a preço alto. Você me ensinou a ficar à margem da multidão reunida em torno das mesas de jogo, a ver claramente tanto os jogadores quanto a roleta. Cher maître, você me acusa de não ter moral, escrúpulos, inibições, arrependimentos. Quem a não ser meu mestre podia ter-me ensinado a ser assim? Aprendi a ser com você.

Você me pergunta sobre aquilo que mais temo. Não é a perda de minha capacidade de escrever. Isso não. Os compositores temem a surdez, no entanto o maior deles ouviu sua música com os tambores de seus nervos, o ritmo no sangue. Minha escrita é um ofício, como a carpintaria, a feitura de caixões, a joalheria, a construção de paredes. Não se pode esquecer como se faz. Pode-se ver facilmente o que está bem feito. Pode-se ajustar, refazer, reconstruir o que é frágil, instável. Os críticos elogiam meu estilo clássico. Sou parte de uma tradição. É o que digo que os perturba, e mesmo isso se torna palatável pela elegância imperturbável da prosa francesa clássica. Pode-se dizer o que se quiser, se for dito com beleza. Meus livros são como um castelo bem conhecido e visitado com freqüência. Todos os corredores são completamente retos e conduzem de um quarto a outro, a saída para o jardim ou para o pátio indicada claramente. Escrevo com a clareza de um assoalho bem varrido para o baile. Escrevo para tolos. Mas dentro dessa lucidez límpida, delicada, que é a minha marca — e na qual eu perco cabelo, peso, sono e sangue para conseguir realizá-la — há um código, uma seqüência escondida de signos, um labirinto, uma escada que conduz aos porões, e finalmente até a saída. Você me seguiu até lá. É o leitor para quem escrevo.

Você me pergunta sobre aquilo que mais temo. Deve sabê-lo, senão não teria perguntado. É a perda do meu leitor, o homem para quem escrevo. Meu maior medo é de que um dia, inesperada, subitamente, eu possa perdê-lo. Nunca nos vimos, nunca nos falamos diretamente, ainda que através da escrita nossa intimidade seja completa. Minha relação com você é intensa porque é mantida diariamente, através de minhas horas de trabalho. Eu me sento, envolvido no meu cobertor, meus papéis incoerentes à minha frente na mesa. Abro um espaço para escrever por você, para você, contra você. Você é a medida de minha capacidade. Procuro sua exatidão, sua ambição, sua loucura. Você é a marca da maré na ponte, o nível a ser alcançado. É o rosto que sempre evita meu olhar, o homem que acaba de sair do bar. Procuro você através das espirais de minhas frases. Jogo fora páginas inteiras do manuscrito porque não consigo encontrá-lo nelas. Procuro-o nos detalhes mínimos, no contorno de meus verbos, na qualidade de minhas frases. Quando não posso mais escrever porque estou cansado demais, minha cabeça dói, meu braço esquerdo está paralisado pela tensão, e me deixo ficar irresoluto, levanto-me, saio, bebo, ando pelas ruas. O sexo é um gesto breve, dissipo meu corpo com dinheiro e medo. Na sensação aguda que enche o espaço vazio antes que eu vá de novo à sua procura. Não me arrependo de nada, a não ser da frustração de ser incapaz de alcançá-lo. Você é a luva que acho no chão, o desafio diário que assumo. É o leitor para quem eu escrevo.

Você nunca me perguntou a quem mais amei. Já sabe e é por isso que nunca perguntou. Sempre amei você.

Paul Michel

Alucinando Foucault

É raro que os papéis de um escritor sejam completamente desprovidos de interesse, mas é ainda mais raro, como qualquer historiador lhe dirá, que eles contenham ouro puro. Copiei estas quatro cartas ilegalmente, exatamente como tinham sido escritas, durante dias, às vezes uma linha, uma frase de cada vez. Elas já tinham sido pagas, compradas e vendidas no mercado das vidas dos escritores. No entanto eu acreditava que era capaz de lê-las de maneira diferente de todos os outros. Sob o brilho amarelo das luzes reduzidas e trêmulas especialmente ajustadas à sensibilidade do papel, escrevi suas palavras, com traços de lápis tão desmaiados que se tornaram um código secreto. Durante cinco dias eu me sentei no arquivo lendo as cartas dele para Foucault, escondendo a carta que estava copiando sob uma outra, disfarçando meus papéis sob as notas. A arquivista vinha com freqüência dar uma espiada no que eu estava fazendo. Dizia-lhe que eu estava estudando seus tempos verbais, contando as vezes que ele usava o condicional. Ela assentia com a cabeça, sem sorrir. Mas eu era um mendigo, um prospector, mexendo no cascalho e achando na poeira não lavada grão após grão de ouro puro.

No meio da segunda semana eu estava contemplando o papel limpo, virgem de sua última carta para Foucault. Era provavelmente a última coisa que escrevera antes que a escuridão descrita como uma mancha eclipsasse seu dia para sempre. Ele raramente fazia correções na página. No entanto eu sabia que era hábito dele escrever rascunho atrás de rascunho. Então compreendi a verdade que estava ali, me olhando de frente e de forma clara desde o começo. Eram cartas de amor. E todas eram apenas cópias, as únicas cópias. Os rascunhos tinham sido destruídos. Foucault jamais vira essas cartas, escritas ao longo de dez anos. Nunca foram enviadas. Nenhuma delas. Jamais. Tinham sido entregues aos arquivos pela "tutela" de Paul Michel. E os direitos de publicação tinham sido imediatamente comprados pela Editora da Universidade de Harvard no interesse da pesquisa. Quem quer que fosse que tivesse selado e organizado aquelas cartas não o fizera com cuidado. Com toda a probabilidade eu era a primeira pessoa a lê-las.

Fiquei ali olhando para aquelas páginas, estúpido e trêmulo, minha pele formigando. Não sabia como reagir. Não podia entender o que havia descoberto. Tinha certeza de que os outros estavam olhando para mim. Tinha medo de que, se me mexesse, iria adoecer. Aquelas cartas não eram um simples exercício de escrita. Vinham do coração. Eram escritos íntimos. Por que nunca haviam sido enviadas? Ele apenas imaginara as respostas? Mereciam uma resposta. Exigiam uma resposta. Ninguém podia escrever assim e ficar sem resposta. Eu sabia que não podia mais hesitar. Saí cambaleante do arquivo, agarrando meus bens roubados.

Paris se tornava cada vez mais irreal. Eu mal notava os turistas, as lojas em silêncio, fechadas para o verão. Tropeçava na água escorrendo dos esgotos. Não podia dormir à noite. Vivia de café preto, puro com açúcar, e cigarros baratos. Acordei na sexta-feira de minha segunda semana no arquivo com minha cabeça tinindo. Ouvi as palavras dele pela primeira vez, embora agora eu já as conhecesse de cor. *Você me pergunta sobre aquilo que mais temo. Deve sabê-lo, senão não teria perguntado. É a perda do meu leitor, o homem para quem eu escrevo. Meu maior medo é de que um dia, inesperada, subitamente, eu possa perdê-lo.* Saí da cama e me vesti rapidamente. Meu jeans, que eu lavara dois dias antes e pendurara na janela, ainda estava úmido. Vesti-o assim mesmo.

Eu tomara a decisão mais crucial de minha vida. Ia responder àquelas cartas. Decidira encontrar Paul Michel. Em vez de tomar o metrô para o arquivo, como sempre, fui a pé até o décimo quarto arrondissement, até o Hôpital Sainte-Anne.

O hospital era como uma cidade dentro da cidade. Havia jardins, estacionamento de carros, passeios, cafés, lojas, uma barreira de segurança e uma massa de edifícios antigos,

Alucinando Foucault   89

imensos, com novas alas de vidro escuro e concreto, projetando-se do lado de fora. Os porteiros indicaram a recepção geral, mas caminhei uma boa distância antes de encontrar os degraus que conduziam aos escritórios delicados e às portas automáticas. Os hospitais são estranhas zonas intermediárias onde a doença e a saúde se tornam estados ambíguos, relativos. Há pessoas perturbadas, histéricas, outras resignadas e contemplativas, encarregados de blusas brancas e sapatos confortáveis, inteiramente indiferentes tanto diante dos entediados como dos desesperados. Há três grupos distintos vagando pelos corredores, cada qual designado por sua vestimenta; os visitantes assustados com roupas normais, os feridos que se arrastam em roupões e chinelos, os senhores com seus sistemas tecnológicos e rostos lavados. Esperei na fila para o escritório. Duas mulheres olhavam para as telas de seus computadores, ignorando a fila hesitante dos requerentes que esperavam. Uma mulher encarapitada num banco de plástico preto repreendia sua filha chorona. Uma outra carregava um enorme buquê de gladíolos, como uma oferta de paz.

Todos sabiam que serviço desejavam, mas não como encontrá-lo. Eu tinha apenas o nome de um homem e um artigo numa revista homossexual, escrito há cinco anos atrás. E agora tinha sua escrita íntima codificada, suas mensagens para si mesmo. Escondida nos bolsos internos, as folhas copiadas se agitavam contra meu peito.

— Je cherche un malade qui s'appelle Paul Michel.

— Quel service? — Ela não me olhou. Seus dedos já estavam voando sobre o teclado.

— Não sei.

Ela não olhou.

— Quando ele deu entrada?

— Em junho de 1984.

— O quê? — Ela interrompeu o processo todo e virou-se para me olhar. Todo mundo na fila atrás de mim inclinou-se para a frente, na expectativa.

— Você dever ir aos arquivos — ela sentenciou.

— Mas acho que ele ainda está aqui. — Olhei para ela desesperadamente. — Ele foi trazido para cá porque estava louco.

Ela me deu uma olhada como se eu também fosse perturbado. Sua colega se levantou e veio até o balcão.

— Você deve ir até o serviço psiquiátrico — disse — e perguntar lá. Eles têm um registro do que foi feito com ele. A entrada é separada.

Ela desenhou uma mapa bastante complicado no verso de um cartão de admissão. Quando eu saí da área de recepção todas as pessoas ficaram olhando para cada movimento meu, atentamente, fascinadas. A mãe puxou de novo sua filha para seus joelhos. Foi minha primeira experiência do que significava estar ligado, de alguma maneira, ao destino de Paul Michel.

Levei quase meia-hora para encontrar a ala psiquiátrica do hospital. E não havia degraus, nem portas largas, nem vasos de plantas, mas simplesmente uma entrada estreita numa parede branca. Tive de tocar a campainha do lado de fora; a porta ficava permanentemente trancada. Quando eu caminhava para uma espécie de câmera de compressão, vi o olho vermelho de uma câmera colocada no alto da parede, que me captava. Entrei num pequeno hall com um escritório envidraçado exatamente igual ao de todos os caixas em qualquer banco francês. Parecia incrível que eu não tivesse vindo para trocar meus traveller's cheques. As mulheres que ficavam ali me olharam inquisitivamente, mas não falaram. Comecei na ofensiva.

— Vim para ver Paul Michel.

Mas o nome não dizia nada para nenhuma delas. Uma delas tentou ajudar.

— Michel? M-I-C-H-E-L? É um dos nossos pacientes regulares? Você sabe em que serviço?

Fiquei confuso. Havia sistemas diferentes mesmo ali dentro da ala psiquiátrica. Ela me olhou interrogativamente.

Alucinando Foucault   91

— Ele vem à clínica? Ou está no pavilhão geriátrico? Já está há muito tempo aqui?

A outra mulher mexeu nas fichas que claramente ainda não tinha sido computadorizadas.

— Não há ninguém aqui chamado Paul Michel — disse peremptoriamente.

— Veja bem. Ele foi trazido para cá porque estava louco. E era violento. Há cerca de dez anos atrás.

— Il y a dix ans? — Elas cantarolaram num coro incrédulo.

— Você está enganado.

— Tem certeza de que foi neste hospital?

— Chamem o doutor Dubé. Ele pode saber.

— Ecoutez — eu comecei a insistir —, ele foi admitido pela primeira vez em junho de 1984. Mas telefonei há duas semanas atrás e a mulher que me atendeu sabia quem ele era. Ele ainda deve estar aqui. Por favor pergunte a um dos médicos — pedi-lhes.

— Sente-se.

Sentei numa cadeira dura. Não havia carpete no assoalho. As paredes de um creme claro cheiravam a desinfetante. Não havia janelas e as compridas lâmpadas fluorescentes cintilavam no ar tépido. Esperei, ouvindo o telefonar tocar incessantemente durante vinte minutos. Então, como um gênio surgindo da cartola, um médico jovem, de jaleco branco, apareceu do meu lado.

— Vous êtes anglais? — Ele perguntou, intrigado.

— Sim, estou tentando encontrar Paul Michel.

— L'écrivain?

Pelo menos alguém ouvira falar de meu escritor perdido. Quase abracei o médico de excitação.

— Sim, sim. Isto mesmo. Ele está aqui?

— Qual é seu relacionamento com Paul Michel? — O médico perguntou, sem responder. Tomado pelo pânico e subitamente inspirado, disse-lhe a verdade.

— Fala inglês? — Intuitivamente, senti que isso me traria de volta a vantagem perdida. O médico sorriu.

— Sim, um pouco.

— Bem, eu sou leitor dele. Sou seu leitor inglês.

O médico ficou completamente atordoado com minha afirmação.

— Seu leitor inglês? Você faz um trabalho sobre os livros dele?

Vi a minha chance.

— Sim, sou um pesquisador. É muito importante que eu o veja. Não posso continuar meu trabalho até que possa vê-lo. E ainda que ele não escreva mais, ainda sou seu leitor. Não posso abandonar o meu trabalho.

Isto era obscurecer a questão com verborréia; é claro que o médico não entendeu o sentido de minhas palavras.

— Eh bien, alors. Je ne sais pas... Mas de qualquer modo ele não está aqui. Foi transferido no ano passado para o serviço fechado do Sainte-Marie em Clermont-Ferrand, depois de sua última fuga.

Respirei fundo e gelei.

— Fuga?

— Mais oui, vous savez, eles sempre procuram escapar. Até de pijama.

E o homem cujos escritos eu conhecia tão bem, cujos rabiscos estavam agora indeléveis em minhas próprias mãos, cuja coragem nunca foi questionada, regressou com força integral. Ele ainda estava ali, presente ainda, intacto.

— Sainte-Marie? Clermont? — Eu repeti suas palavras.

— Sim. Você não deve pensar que poderá vê-lo. — O médico balançou sua cabeça meditativamente. Mas agora eu não ia me dar por vencido.

— Você o conhece bem? — Perguntei.

O médico deu de ombros.

— Nunca se encontrou com ele? Bem, não é o tipo de paciente com o qual se possa fazer muito progresso. É triste

Alucinando Foucault 93

dizer isso. Mas é verdade. Por que você não telefona para o serviço em Clermont? Peguei o número e agradeci-lhe calorosamente, depois fui procurar a saída com cuidados através da seqüência de portas fechadas. Senti o olhar das mulheres, desconfiado, incrédulo, batendo nas minhas costas.

Exultante, corri durante a maior parte do caminho até a casa dos estudantes. Eu alugara o quarto por um mês e tive uma terrível discussão com a mulher da administração, que só iria me reembolsar uma semana. Estava com menos dinheiro, mas agora sabia para onde ir. Rabisquei um cartão postal para minha germanista dizendo que descobrira onde ele estava e que iria encontrá-lo. Depois arrumei tudo que possuía, incluindo todas as roupas molhadas do peitoril da janela, dei o vaso de plantas para dois americanos desconfiados, e peguei o trem das 17h30 da gare de Lyon para Clermont-Ferrand. Paris desapareceu atrás de mim; os campos planos e podados da França central se desdobravam como um tabuleiro de damas. Tive um sentimento terrível de urgência e medo. Era como se cada segundo contasse, como se eu tivesse apenas algumas horas para encontrá-lo, para dizer-lhe que seu leitor, seu leitor inglês, ainda era leal, ainda estava ouvindo, ainda estava ali.

Quando me recordo, vejo agora que eu me tornara obcecado, dominado por uma paixão, uma busca que não se originara em mim, mas que se tornara minha. A caligrafia dele, nítida, inclinada, inevitável, fôra o último nó no laço. Suas cartas tinham falado comigo com uma clareza terrível, inflexível, tinham-me dirigido as demandas mais intransigentes. Não poderia nunca trair aquelas demandas e abandoná-lo. Pouco importava o que ele havia se tornado.

CLERMONT

Cheguei a Clermont-Ferrand ao crepúsculo enevoado. A estação estava cheia de turistas deslocados; um guia angustiado, uniformizado, tentava chamar um ônibus no estacionamento. Fui um dos últimos a sair do trem e o estacionamento estava desanimadoramente vazio. Clermont foi construída com rochas vulcânicas num golfo por trás de uma cadeia de vulcões. É uma cidade negra, com uma imensa e negra catedral gótica. Vaguei pelas ruas com minha mochila procurando um hotel de uma estrela. Todos estavam LOTADOS. Finalmente uma mulher cansada, agachada atrás de um arranjo floral seco numa das pensões, teve pena de mim. Ela estava ninando um poodle mimado, que rosnou quando eu apareci.

— Você é inglês? Já são quase dez e meia. Não vai encontrar nenhum lugar hoje à noite. Não a uma hora dessa. Só um minuto. Vou telefonar para minha irmã. Ela às vezes aceita turistas. Mas a casa dela fica longe. Ela mora no subúrbio. Quer que eu telefone?

Eu já estava acostumado ao tom francês da fatalidade. Todos os lugares estavam fechados, a pessoa que você procura está fora de alcance, de férias ou morta, o restaurante reservado para uma festa particular, o filme já saiu de cartaz, ou o livro está fora de catálogo. Sentei-me filosoficamente num sofá superestofado, manchado e esperei. E como sempre, a obstinação e a persistência foram recompensadas. Sim, a irmã dela me aceitaria. Estava tudo certo comigo? Sim, aceitavelmente. O marido dela me pegaria em seu percurso para casa. Cento e vinte francos, para serem pagos antecipadamente em dinheiro, o café da manhã incluído, e se eu quisesse ficar durante uma semana ela faria um acordo especial. Ela gostava

Alucinando Foucault

dos ingleses. Sempre hospedava ingleses, ingleses e holandeses. Mas alemães não. Sentei-me num silêncio exausto mais ou menos até onze horas, quando um homem corpulento, malamanhado, atravessou a porta, parando apenas para cuspir tabaco na poeira.

Entendi muito pouco do que disse, já que seu sotaque estava fora de meu alcance, mas consegui murmurar coisas adequadas sobre a beleza dos vulcões e a grandeza das montanhas. Também consegui explicar que eu não ia tomar parte no festival de música ou na competição de *sky-diving*. Tentei persuadi-lo a fumar um de meus cigarros.

— Estou à procura de um escritor que está no Hôpital Sainte-Marie.

— Sainte-Marie? — Ele ficou perplexo.

— Sim. Sabe onde fica?

— Todo mundo conhece o Sainte-Marie. Fica bem na cidade.

Ele me olhou com desconfiança e estacionou na frente de uma vila que explodia em gerânios. Um outro poodle pequeno rosnou em volta de meus tornozelos enquanto eu atravessava a porta carregando a mochila. De manhã vi-me envolvido em lençóis de poliéster dentro de um quartinho no qual toda superfície ao meu alcance estava coberta com vários tipos de bichos de vidro, cristal ou porcelana; um arranjo assustador de Bâmbis, Lassies e gatinhos empinados. Criaturas de todos os tamanhos e cores estavam agrupadas nas prateleiras e na penteadeira. Algumas acabaram por se revelar barômetros, que se traduziam num azul lívido se o tempo estivesse bom. Decidi não desempacotar meus livros. Minhas meias e cuecas começavam a cheirar a mofo com a umidade, por isso arrisquei-me a colocá-las no parapeito da janela, que era a única superfície lisa não invadida pelos adoráveis bichinhos.

Monsieur Louet já tinha saído para o trabalho quando me levantei; madame, uma duplicata tão exata de sua irmã, incluindo o poodle, que comecei a imaginar se eu tivera uma alucinação no hotel, estava morrendo de curiosidade sobre Sainte-Marie.

— É alguém que você conhece muito? — Perguntou, empurrando os pãezinhos e os croissants para mim.

— Não — eu disse agradecendo, engolindo cada miolo —, nunca nos encontramos.

Ela ficou muito desapontada.

— Ele está internado lá, não está?

— Acho que sim.

— No serviço fechado? Há um serviço fechado em Clermont.

— Creio que ele está lá.

— Será que ele — ela hesitou —, atacou alguém?

— Temo que sim. Muitas pessoas.

— Você não está ansioso?

— Sim. Um pouco.

— Deixe-me lhe dizer como você chega lá. Tem que pegar o ônibus. — Ela já estava impaciente para que eu saísse e voltasse, munido de descrições.

O hospital era um grande bloco murado, com uma porção de prédios no seu interior, como um convento ou uma prisão, no centro da cidade. Mais tarde descobri que fôra administrado por freiras e que elas ainda controlavam o conselho que geria o hospital. As janelas estreitas eram opacas, fechadas com vidros duplos cobertos pela geada ou por grades e barras padronizados. A rue St. Jean-Baptiste Torrilhon ficava no coração de uma densa mistura de ruas internas estreitas. Hesitei no canto da voie Ste. Geneviève, incapaz de achar a entrada. Esta ficava de fato do outro lado dos muros. Eu a havia perdido. Desci a rua até depois dos carros estacionados em filas duplas. O edifício seguia para a parte de dentro, seus fundos arqueados para a rua. Em lugar nenhum havia muros mais baixos do que cinco ou seis metros. Estavam cobertos de graffiti, a maior parte obscenos.

Alucinando Foucault

Então vi, sobre uma porta estreita, um slogan imenso escrito em letras pretas gigantes, curvando-se como um arco sobre a entrada.

J'AI LEVÉ MA TÊTE ET J'AI VU PERSONNE
(Levantei minha cabeça e não vi ninguém)

Embaixo das palavras estava uma pequena placa de bronze que dizia:

CMP Ste. MARIE
Service Docteur Michel

Embaixo do bronze alguém escrevera um poema na parede. Era como se cada declaração oficial contivesse seu próprio comentário.

Qui est-tu point d'interrogation?
Je me pose souvent des questions.
Dans ton habit de gala
Tu ressembles à un magistrat
Tu es le plus heureux des points
Car on te répond toi au moins.
(Quem és, ponto de interrogação?
Estou sempre me fazendo perguntas.
Em teu traje de gala
Pareces um magistrado.
És o mais feliz dos pontos
Pois a ti pelo menos respondem.)

Entendi o francês, mas não o sentido, não completamente. Bem à direita do poema havia uma campainha. Sonnette. Respirei fundo e apertei o inocente quadrado branco. O olho de uma câmera, vermelho, brilhando, piscou e girou por trás da grossa porta de vidro. Então a campainha soou e pude entrar numa sala hermeticamente fechada, exatamente igual à de Sainte-Anne. Dentro ficavam as mesmas paredes cremes, luzes artificiais, corredores sem janela, a mesma falta de ar, as mesmas cabines de vidro, duas mulheres diferentes, com a mesma expressão de suspeita.

— Vous avez rendez-vous avec quelqu'un? — Uma das mulheres ficou olhando para mim enquanto a outra dava uma espiada na sua agenda.

— Não. Eu sou inglês. Vim para ver Paul Michel.

Desta vez houve uma reação instantânea.

— Ah, ele. — Uma olhou para a outra e a mais velha das duas, com seu bifocal num cordão de veludo, olhou para mim com um nítido lampejo de exasperação e fúria.

— Qual é seu relacionamento com Paul Michel? — Perguntou energicamente. Eu disse a verdade.

— Sou leitor dele. Vim para encontrá-lo. — Desta vez, usei a palavra francesa, "lecteur", mas com tal segurança profissional que ela não fez mais perguntas.

— Asseyez-vous. Preencha a ficha de visitante. Nome. Endereço em Clermont. Vous avez une pièce d'identité? Vou chamar a dra. Vaury.

Sentei-me no banco em frente à cabine de vidro e me pus a trabalhar no inevitável dossiê. Em seguida reparei que alguém pintara mais graffiti no lado de fora do escritório. Era a mesma mão que tinha escrito o slogan poderoso no alto da entrada. E desta vez formava uma auréola em cima da cabeça cinzenta da mulher na casamata administrativa.

JE T'AIME À LA FOLIE
(Eu te amo loucamente)

O texto fôra vigorosamente lavado e esfregado, mas as letras ainda estavam ali, claramente legíveis. A mulher mais velha me viu lendo o slogan e deu de ombros.

— Aí está Paul Michel para você. Vândalo.

Senti um arrepio dentro de mim. Ele estava ali e o escrito na parede fôra feito por suas mãos.

— Posso fumar? — Perguntei polidamente. Não havia cinzeiros à vista.

— Não — ela disse.

Sentei-me, silencioso, intimidado, fervilhando de excitação. A seguir, sem aviso, uma mulher jovem que mal parecia mais velha do que eu estava ali de pé, de jaleco branco, a meu lado. Ela repetiu os fatos sem comentário.

— Você veio ver Paul Michel.

Eu me levantei. Ela não estendeu a mão.

— Por favor, venha comigo.

Segui-a pelos corredores impecáveis, silenciosos, vazios, iluminados apenas pelas luzes artificiais amarelas e mudas. Não havia som. Todas as portas estavam fechadas. O assoalho era de um encerado branco suave e caro, e cheirava fortemente a alvejante. Havia uma pintura, uma paisagem verde banal pendurada no alto, fora de alcance. Ela abriu uma porta com a inscrição "Dra. Pascale Vaury" e fez sinal de que eu devia entrar antes dela.

O escritório era assustadoramente claro, mas tinha pôsteres, um sofá de couro negro encostado a um canto, uma janela enorme, gradeada, em forma de abóbada dando para um pátio geométrico com longas avenidas de limeiras bem tratadas e caminhos impecáveis de cascalho branco. Através das pesadas cortinas de rendas eu via estranhos passando, alguns com vestimentas religiosas, aprumados, caminhando energicamente; outros se arrastando e curvados, como se tivessem sido torturados, árvores mal-podadas. O sol não entrava no escritório dela, mas se detinha no parapeito da janela, de modo que, do lado de fora, havia um clarão de luz, mas dentro, era sóbrio, mudo, austero. O escritório era todo à prova de som. Eu só podia ouvir os movimentos dela e os meus. Ela se sentou em frente à escrivaninha e se prontificou a falar inglês.

— Nem sempre tenho a oportunidade para praticar —

ela disse —, só nas conferências. Você fica mais à vontade em inglês ou em francês?

— Bem... eu estudo francês — admiti —, de fato eu estudo Paul Michel.

— Ah — ela disse, como se aquilo explicasse tudo —, você é um pesquisador.

— De certo modo.

— Desculpe-me, mas você é muito jovem para estar fazendo uma pesquisa.

— Ah, não, de modo algum.

— Você sabe que Paul Michel está aqui?

— Sim. Dizem que está louco.

Ela deu de ombros e sorriu de leve.

— Nem sempre usamos esses termos por aqui. Talvez eu devesse explicar. Paul Michel foi admitido como um paciente sob o artigo 64 do Código Penal. Ele foi diagnosticado como um esquizofrênico paranóide. Era um caso de H.O., Hospitalização Oficial, isto é, ele está legalmente retido por uma ordem da polícia. Havia sido muito violento no passado, de maneira perigosa, quando esteve en pleine crise. Mas de fato não foi fisicamente agressivo com ninguém, nem mesmo consigo próprio, durante algum tempo.

— Foi ele que escreveu, não foi? Nas paredes. — Meus dedos estavam formigando. Ele estava ali em cima, perto de mim.

Pascale Vaury riu.

— Ah, sim, é dele. Para lhe dizer a verdade, nós ficamos lisonjeados. Ele saiu. Sempre sai. É uma de suas peculiaridades, mas desta vez, em vez de fugir, pintou todas as paredes. Você devia ler os poemas na toalete dos homens.

— Você o conhece bem?

— Conhecê-lo? Sim, suponho que sim. Sou a médica dele aqui. Encontrei-o pela primeira vez quando ele estava em Sainte-Anne, em Paris, há seis anos. Ele mudou muito desde aquela época.

Alucinando Foucault

— Posso vê-lo?

— Sim, naturalmente. Mas devo lhe pedir para não ficar muito tempo. Ele será supervisionado. Creio que é melhor assim. E devo lhe avisar, pode ser que ele não seja muito cooperativo. Está acostumado conosco e com o hospital, mas em geral ele se mostra muito difícil com estranhos. Não fique desapontado. Ele não é o escritor que você procura. Ou a pessoa sobre quem você pode ter lido. Está muito doente. Sente dores terríveis, o tempo todo.

— Dores? — Eu não havia pensado nisso. — Ela me olhou diretamente nos olhos, gelada, acusadora, e falou em francês.

— Sim. Dor. A loucura é uma forma de sofrimento maior do que qualquer outra doença. "Folie" é a palavra mais triste que conheço. Nenhuma doença física é assim. É a coisa mais terrível que pode lhe acontecer. Destrói todos os aspectos de sua vida. Destrói você completamente.

— Então por que você trabalha com eles, se é tão terrível assim? — Eu perguntei de repente, intrigado.

Ela relaxou de novo. E voltou ao inglês.

— É muito exaustivo. Muito cansativo. Há um bocado de pressão por parte das famílias. E a sociedade tem um medo terrível de deixar que aqueles a quem chamam de loucos vivam no meio dela. Há uma tolerância muito maior em relação ao comportamento alcoólico, que em geral não é muito diferente. Trabalho no sistema psiquiátrico francês há sete anos. É muito tempo. Você é atacada, ofendida. Mas aprende a ver as coisas de forma diferente.

Pegou um lápis e girou-o em suas mãos.

— Você vê as coisas de modo mais coerente. Passa a aceitá-las. Fica mais aberto. Mais tolerante. Se tenho uma mente mais generosa, mais aberta do que quando era uma estudante de medicina, isto se deve em grande medida a homens como Paul Michel.

Eu estava comovido, curioso, desconcertado. Ela se levantou e pegou o telefone.

— Hervé? Oui. Ecoute, tenho uma visita para Paul Michel. Ele está por aí? Está. OK. Diga-lhe que ele tem uma visita da Inglaterra. Estaremos aí em cima em dois minutos. Telefone para a administração e para a segurança. Direi ao escritório. Sim. Ele pode precisar de alguma supervisão. Não. Nunca se encontraram. Ele é um pesquisador. OK. Vejo você num minuto. Ela olhou para mim. Senti duas manchas vermelhas brotando em meu rosto. Eu estava terrivelmente excitado.

— Siga-me. Não fique encarando. Ah, mas você é inglês. Os ingleses nunca ficam encarando os outros, como nós. Vocês são mais educados. — Ela sorriu, parecendo repentinamente uma garota. Seu cabelo sussurrava na gola do jaleco, enquanto eu seguia suas chaves tilintantes de volta ao corredor. Ela segurava as chaves. O som era contínuo, um suave tilintar de metal quando as chaves giravam em suas mãos. Ela disse algumas palavras para as mulheres na cabine de vidro, depois virou à esquerda, para o elevador.

Quando subíamos, ali dentro do labirinto de silêncio, ela falou um pouco sobre o serviço, a nova clínica, a ala das crianças. Compreendi que o hospital era enorme, que eu estava dentro de uma pequena cidade, uma cidade habitada por jovens, por gente de meia-idade, por velhos, uma cidade de loucos. Mas o que era estranho era o fato de que não víamos ninguém. Não havia médicos, nem enfermeiras, nem pacientes nos corredores. A ala em que entramos estava absolutamente silenciosa. Eu não via nada, a não ser corredores verdes de portas trancadas. A dra. Vaury pegou as chaves e abriu uma porta verde, que ela voltou a fechar atrás de mim. Uma nota escrita à mão estava pregada na próxima porta à nossa frente.

ST. JEAN

Ela abriu esta porta cuidadosamente e olhou em volta ao entrarmos. Depois tornou a fechá-la. Era um espaço largo e

Alucinando Foucault

aberto, esparsamente mobiliado; uma televisão muda no alto da parede. As janelas tinham grades e estavam bloqueadas com grossos e opacos quadrados de vidro reforçado. Havia sujeira no assoalho, papéis amassados jogados atrás das cadeiras, o cheiro era inequívoco, urina e excremento. Dois homens, com rostos arroxeados, horrivelmente deformados, e olhares vazios, arrastavam-se interminavelmente pelo espaço. Eram brancos, magros, abatidos; um deles tinha um braço torcido e rígido contra o peito. Eles cheiravam a sujeira, mofo e coisa velha.

A dra. Vaury cumprimentou os dois pelo nome e trocou um aperto de mãos como se eles fossem seres vivos racionais. Mas não me apresentou, ela apenas fez um sinal com a cabeça e eu a segui até um escritório que também era uma cozinha. Uma mulher trabalhando entre seus papéis nos olhou.

— Pascale, bonjour... — Elas começaram a discutir sobre um outro paciente.

Olhei para os fichários, para a begônia. O escritório era humano, quente; mas o mau cheiro persistia. Estava em toda parte. Senti uma grande onda de náusea vindo de meu estômago.

— Siga-me, por favor.

Continuamos, cada vez mais longe, dentro do corpo do Leviatã. Mais duas portas foram abertas e trancadas de novo. Em seguida entramos num corredor com quartos de dormir separados. O cheiro era insuportável, uma exalação acre e penetrante de mijo humano recente. Dei uma espiada por uma das portas abertas; o quarto estava um caos, com roupas jogadas no chão, por sobre o radiador, um vaso plástico quebrado ainda girando no chão, as paredes lambuzadas de excremento ainda fresco.

Um homem louro grande, vestido de branco impecavelmente engomado, saiu do quarto e nos cumprimentou. Apertou minha mão. Era cordial, animado, tranqüilizador.

— Então você veio ver Paul Michel? Ele não recebe mui-

106   Patricia Duncker

tas visitas. — Sorriu calorosamente. — Este é o meu serviço. Não creio que você tenha estado numa unidade como esta antes. Não se preocupe. Eu disse a ele que você estava vindo. Gostaria de esperar na sala de estar no fim do corredor? Não havia nenhuma porta. Entrei noutro espaço escassamente ocupado, escuro, com uma televisão que chiava, fixada na parede, bem fora de alcance. Havia quatro cadeiras de borracha pesadas com armações de tubo de metal. Havia uma grande mesa de jogos, um pebolim, aparafusado no chão. E nada mais. Não havia revistas, nem quadros, nem carpete. As paredes tinham uma pintura lustrosa de um verde monótono. A única janela estava lacrada e tinha grades. A luz do sol ficava obscurecida. O cheiro de fezes era excessivo.

— Vou dizer a ele que você está aqui — disse o enfermeiro de branco imaculado, com um grande e radiante sorriso. — Ele vem já. A dra. Vaury e eu ficaremos aqui, onde dá para sermos chamados no corredor, caso você precise de nós.

Eu me encostei à parede, tremendo. Não havia cinzeiro, nem ventilação. Não pedi permissão. Acendi um cigarro. Não o ouvi chegando. Antes o quarto estava vazio. Agora havia um homem de pé, terrivelmente perto de mim, perto demais, olhando-me diretamente na cara. Ele era magro, pálido, com a barba por fazer, sua camiseta caía folgada e manchada sobre o peito. Seus olhos estavam bem acesos, selvagens, brilhando.

— Comment tu t'appelles, toi? Você é inglês não é? — Ele mudou de língua, sem esforço, sem erro. — Qual é seu nome?

Sem tirar seus olhos de meu rosto, pegou os cigarros e o isqueiro de minha mão, acendeu um para ele, sem olhar para baixo, tirou dois cigarros do maço e os entregou a mim. Botou o resto no bolso de trás de seu jeans. Ficou girando o isqueiro em suas mãos. Depois, relutantemente, devolveu-o.

— Ah, uh. Não posso arriscar com o isqueiro. Eles não me deixam fumar sem supervisão.

Alucinando Foucault

— Por que não? — Eu estava com um medo horrível daquele fantasma magro, com a barba por fazer.

Ele riu baixinho.

— Eu botei fogo no pavilhão.

— De propósito? — Eu soei estúpido, até para mim mesmo.

— Não seja tolo. Ninguém provoca um incêndio por engano.

— Mas você podia ter morrido. — Esta era a última de suas preocupações.

— Bem, pelo menos eu ia levar outros putos comigo. Como é mesmo seu nome? Eles me disseram. Não, não me diga. Provavelmente nunca irei me lembrar do seu nome.

Ficamos ali, olhando intensamente um para o outro. Ele tinha a minha altura, duas linhas compridas que desciam de cada canto de sua boca. Mas era a mesma sobrancelha, o mesmo queixo levantado, os mesmos olhos. Eu saberia que era ele.

— Não sabia que você falava inglês.

— Claro que falo inglês. Aprendi na escola. Todo mundo sabe. Até li Shakespeare. Eles me disseram que você está estudando meu trabalho. Por que você não estuda Shakespeare? Ele era tão irado quanto eu. À sua maneira majestática. E também tão veado quanto eu.

— Eu estudei francês.

— É mesmo? Me dê outro cigarro.

Ele pegou de volta um dos dois que me dera, acendeu-o com a brasa de sua gimba e jogou a ponta do cigarro no chão, debaixo do calcanhar.

— Como disse que se chamava?

— Não disse.

— Bem, não me diga, petit. Nunca pergunto os nomes de vocês. Quando você fode o traseiro de alguém não pergunta o nome.

Eu me encolhi de leve, perplexo. Ele sorriu maliciosamente.

— Você já desejou a morte de alguém? Tanto que sentiu que poderia matar só por desencadear seu desejo?

— Não.

Mordi o lábio. Ele olhou para mim, faiscando.

— Você parece um louco. Como disse que se chamava? É mais um desses pesquisadores?

— Sim.

— E você veio para me descrever em sua pequena dissertação de doutorado sobre o elo entre loucura e criatividade? Ele soltou uma gargalhada horrenda e sua expressão se tornou completamente grotesca. Eu me encolhi um pouco. Olhou-me de soslaio repentinamente, enfiando o nariz no meu rosto. Sentindo a hesitação e o medo, ele logo levou a vantagem adiante.

— Então você é mais um voyeur parasita, lamuriento, mentiroso. Você não é o primeiro, fique sabendo. Eu já fodi dúzias do seu tipo.

Instintivamente, reagi.

— Não estou escrevendo sobre sua loucura. Você pode ser um tipo asqueroso, mas não acho que seja maluco. E estou escrevendo uma dissertação sobre o seu trabalho. Sua maldita ficção. — De repente perdi meu controle e gritei. — Não estou sequer escrevendo sobre você.

Imediatamente, Pascale Vaury e o enfermeiro apareceram na soleira da porta.

— Está tudo OK? — Ela perguntou.

Paul Michel deu meia-volta e olhou para ela cheio de desprezo. Depois disse, zombando:

— Oh, sim, dra. Vaury. Naturalmente, dra. Vaury. Tudo está bem. Muito bem. Sem problema. Ne t'inquiète pas. Tout va bien.

O enfermeiro deu de ombros e eles se retiraram.

Paul Michel olhou para mim com deferência vingativa. Ele ficara ofendido, finalmente.

— Como você disse que se chamava? — Ele perguntou, provocativo, tragando seu cigarro.

— Você sabe perfeitamente bem — retruquei.

Alucinando Foucault   109

Sua fisionomia mudou completamente. As linhas mudaram de lugar, seus olhos se abriram repentinamente. Sorriu.

— Mas continuo esquecendo. — Pegou meu braço gentilmente e me empurrou para uma cadeira de metal com cobertura de borracha. — Venha, sente-se aqui.

Sorriu para mim e o sorriso estava cheio de bom humor suplicante e de simplicidade. Desarmado, eu ri. Sentamo-nos, ainda mais perto um do outro, nossos joelhos se tocando, e fumamos em silêncio.

— Há quanto tempo você está aqui? — Perguntei.

— Nesta unidade? Há um ano.

Ele continuou a me encarar com terrível concentração. De repente, fez com que me lembrasse de minha germanista. Era a mesma intensidade inquisitiva, de coruja. Estava desconcertado.

— E eles me disseram em Paris que você continua fugindo. Embora eu não entenda como você consegue.

Sorriu de novo. O mesmo sorriso maravilhoso, transformador.

— Voilà — ele disse. — É um segredo profissional. Você pode aprisionar a imaginação. Drogá-la até o esquecimento. Pode até levá-la à loucura. Mas não pode mantê-la trancafiada. Quanto anos você disse que tinha?

— Não disse. Mas tenho vinte e dois.

— É jovem demais para estar escrevendo um livro sobre mim. É jovem demais para estar me lendo. Por que sua mãe não interveio?

Ri com ele.

— Lembre-se: estou escrevendo sobre sua ficção, não sobre você.

Ele sorriu de novo.

— Então, o que é que, em nome de Deus, mon petit, você está fazendo aqui?

Aí senti a mudança. Era como se ele houvesse sido tragado para longe de mim, para dentro de uma imensa onda que recuava, tudo que restara era a agitação da areia úmida e os seixos. De repente vi o quanto ele era perigoso.

— Me dê outro cigarro.

— Você ficou com meu maço.

Ele não tirou os olhos de meu rosto ao se levantar para tirar o maço do bolso de trás de seu jeans. Era alarmantemente magro. Fumamos outro cigarro. Então ele disse: — Quem é você?

Eu hesitei. Disse: — Sou seu leitor. Sou seu leitor inglês. O corpo inteiro dele se inflamou por um segundo, como brasa adormecida, tocada pelo vento, depois se apagou em completa escuridão. Sentou-se, congelado. Então ele disse, lenta, claramente e sem qualquer gesto de ameaça além do tom baixo de sua voz: — Vá embora. Antes que eu o mate.

Pascale Vaury apareceu na soleira da porta. O cheiro de merda quente invadiu a sala.

— Acho que é o bastante por hoje — ela disse como se estivéssemos encerrando uma sessão exaustiva de fisioterapia. Eu me afastei dos olhos faiscantes e terríveis de Paul Michel. Estava tão abalado e assustado que nem apertei a mão dele, nem disse adeus. Em vez disso saí cambaleando atrás de Pascale Vaury, pelos corredores trancados da mente. O casaco branco dela era o signo de Orfeu, afastando-se para a luz. Mas era eu quem não podia olhar para trás. Os horríveis cheiros acres diminuíram, esvaíram-se, deram lugar ao alvejante e ao verniz. A doutora conversou comigo calmamente, por cima do ombro. Captei uma ou duas palavras, mas não entendi nada. Descemos a escada vazia, pela qual ninguém passava. Eu me vi de novo de pé diante do escritório envidraçado. Menos de uma hora havia transcorrido. Tudo tinha acabado.

Pascale Vaury estava apertando minha mão.

— Temos seu endereço em Clermont? Você vai ficar muito tempo?

— Não sei.

Alucinando Foucault   111

— Bem, telefone-me se quiser visitá-lo de novo. Posso avaliar melhor se será possível ou não. Adeus.

Eu estava na rua, doente, nauseado, aterrorizado e sem nenhum cigarro. Olhei para a mensagem enigmática de Paul Michel.

J'AI LEVÉ MA TÊTE ET J'AI VU PERSONNE

Voltei-me para o muro creme, furioso, e gritei.

— Você diz que olhou e não viu ninguém. Não é verdade. Você me viu. Eu estava ali. Vim para encontrá-lo. Você me viu.

Um carro passou. O motorista olhou. Eu estava em frente ao maior hospital psiquiátrico da França central, chorando e gritando para uma inscrição num muro creme.

Passava um pouco das onze horas da manhã. Voltei pelas ruas estreitas, quase histérico de desapontamento, frustração e raiva. Por fim eu o encontrara, o meu escritor perdido, e ele me mandara embora, mal-recebido, malquisto e mal-entendido. Eu não tinha mais nada. Vi-me na place de la Victoire, fui direto para o café e comprei outro maço de cigarros e uma cerveja. Não comi nada. A tarde inteira andei pelas ruas esvaziadas de turistas de Clermont, odiando a cidade grande, negra, barulhenta, os vendedores ambulantes e as pessoas no mercado público, o parque de diversões itinerante vociferando música na praça. Entrei nos cafés, lavei meu rosto numa fonte pública, conversei com dois traficantes de drogas, garimpei nas bancas de livros, fumei sem parar até que minha boca ficasse com gosto de cinzeiro. Já eram quase seis horas quando do tomei o ônibus para Romagnat.

Estava lutando para entender as chaves que minha hospedeira me dera quando a porta se abriu. Lá estava ela, eriçada de excitação, o poodle rosnador aninhado em seus braços.

— Rápido! Rápido! Ele está no telefone. O seu louco está no telefone. Já ligou duas vezes. Ele não parece louco. Rápido!

112   Patricia Duncker

Corri pelo hall, transpondo a massa de mobília, bibelôs e toalhas de mesa rendadas. Agarrei o telefone.

— Bonsoir, petit. T'es rentré? Écoute, je m'excuse. Sinto muito. Não colaborei muito. Gostei de me encontrar com você. Volte amanhã. E me traga mais alguns cigarros. Era a voz dele. Fiquei feliz.

— Você sempre ameaça matar suas visitas?

Ele riu; um riso caloroso, extraordinário.

— Eh bien, oui, tu sais... muitas vezes. Mas não seriamente.

— Você me pareceu sério o bastante.

— Fique lisonjeado, petit. Não são muitas as pessoas que levo a sério.

— Você deseja de fato me ver de novo?

Houve uma pausa. Em seguida ele disse:

— Sim. Muito. Não encontro muitos leitores meus. Volte amanhã. Promete?

— Prometo.

Desliguei o telefone e beijei minha atônita hospedeira. O poodle latiu e latiu, além da conta. Estávamos no nosso segundo aperitivo quando o marido chegou. Contei a ela tudo que havia acontecido, cada detalhe, várias vezes, num delírio de excitação e ela ficou fascinada.

O dia seguinte foi extraordinariamente quente. Era domingo. Madame Louet regou seus gerânios às oito horas. Às nove e meia os pingos já estavam se evaporando nas pedras. Não havia ônibus, mas me dispus a andar até a colina na cidade. Madame Louet me disse para não ser tolo, retirou o carro e lá fomos nós, pelas ruas vazias, sobre as quais pairavam os grandes sinos da catedral, até o portão estreito de Sainte-Marie.

Lá estava eu deploravelmente de pé diante do dragão de guarda na cabine de vidro. Desta vez o corredor não estava completamente vazio. Duas mulheres mais velhas estavam sentadas lado a lado no banco, olhando cada movimento meu. A mulher tirou os óculos.

Alucinando Foucault 113

— Vous encore? — Ela disparou. Eu assenti com a cabeça.
— Você não telefonou. A dra. Vaury lhe pediu para telefonar toda vez que quisesse vir.
— Não. Mas Paul Michel me telefonou.
— Ele não é médico. É um paciente. Não pode ver quem ele quer, você sabe disso. Você não tem permissão oficial.
— Posso falar com a dra. Vaury agora? — Comecei a entrar em pânico.
— Ela não está de plantão.
— Mas alguém tem que estar.

A mulher me olhou com raiva. Eu era um fenômeno inconveniente. Ela pegou o telefone e discutiu com alguém do outro lado da linha. Eu andava para cima e para baixo do corredor, desesperado, cada passo meu observado criticamente pelas duas parcas. Elas esfregavam as mãos nas saias.

— Sente-se — ordenou a mulher na cabine de vidro, enraivecida, batendo o telefone.

Ficamos todos ali esperando. As palmas de minha mão suavam de medo que eu fosse impedido de vê-lo. No ar tépido, parado e sob a luz artificial, me sentei olhando para meus tênis sujos, afundando-me em aflição. Então aconteceu o milagre. Uma mão bateu gentilmente no meu ombro. Olhei e vi Paul Michel, sorrindo maliciosamente, a enfermeira imaculadamente branca atrás dele. Levantei-me de um salto e pela primeira vez meu escritor me beijou, três vezes, uma face após a outra.

— Bonjour, petit. Você é mágico. Conseguimos permissão para passear no jardim.

Sua guardiã deu um sorriso largo.

— Ele deu sua palavra. Mas só no jardim, veja bem.

A enfermeira sumiu com um chocalhar de chaves.

— Olhe. Uma camisa limpa.

Paul Michel se aprumou. Vestia um conjunto branco bem engomado que cheirava de leve a naftalina. Parecia um campeão de cricket debilitado. Seu rosto estava tenso, doentio, abatido, excitado. Mas ali estava a mesma energia cintilante e anárquica que eu achara tão enfeitiçadora, tão perturbadora. Ele me inspecionou criticamente.

— Você vai ter que se vestir melhor se deseja sair comigo, rapaz. — Fiquei ali sorrindo tolamente para ele. Ele riu alto, um riso largo, zombeteiro, metálico.

— Se vão para o jardim, podem ir — rosnou o dragão.

— Calme-toi, mon amour — Paul Michel sibilou, olhando de soslaio para a cabine de vidro. Ele saiu andando, enquanto eu, precipitando-me atrás dele, me desculpava sinalizando com a cabeça para a administração e os rostos amarelos e embasbacados daquelas duas pragas. Paul Michel sabia exatamente aonde estava indo. Chegamos a outra porta estreita com um porteiro eletrônico fixado na parede. Ele apertou a campainha e encostou seu rosto na grade.

— Libera me, mon amour — ele sussurrou, todo charme e subversão. Compreendi que o acesso ao jardim era controlado pelo escritório. Dando uma olhada pelo pátio pavimentado, pude enxergar o dragão, espiando de sua janela. A porta se abriu e saímos para o sol.

Paul Michel estirou-se como um gato, fechando os olhos, levantando o rosto branco para a luz. Pegou meu braço e me levou para as aléias de limeiras. Uma das freiras que vinha passando cumprimentou-o, depois parou e me olhou agressivamente.

— Quem é seu visitante, Paul Michel? — Ela perguntou.

— Meu leitor — ele disse calmamente —, mas não tenho nenhuma idéia de como ele se chama.

— Comporte-se — disse a freira, sorrindo de leve —, e não finja ser mais louco do que já é.

— Yes, sir — disse Paul Michel, em inglês.

A freira, que era miudinha, esticou-se e despenteou o cabelo dele como se estivesse tratando com uma criança.

— Veja lá, comporte-se — ela repetiu —, e não vá ficar histérico. — Ela se afastou.

Alucinando Foucault

— Esta é a irmã Mary-Margaret — ele disse como explicação, enquanto perambulávamos sob as limeiras. — Ela é ótima. Não consigo mexer com ela. Ela sempre diz o que quer. Gosto das freiras. São mais diretas que os médicos. Mais abertas a idéias novas, a novos métodos. São tolerantes também. Uma vez, quando estava numa crise e, sabe como é, ficava destruindo um pouco as coisas, eles me deram drogas pesadas e me colocaram num quarto trancado. Ela era a única que ia me alimentar e conversar comigo. Não me lembro de tudo muito bem. Mas lembro do rosto dela junto ao meu, rezando o terço, eu acho. Repetindo a mesma oração. Não acho que seja por causa da oração, mas a repetição acalma. Melhorei rapidamente depois disso.

— O que desencadeou isso? Vem de repente?

— Humm, sim. Suponho que sim. Vamos sentar.

— Você não se importa com as freiras? — Lembrei-me do traço fortemente anticlerical dos escritos de Paul Michel.

— Não, não — ele disse, ruminando. — A irmã Mary-Margaret disse uma vez que a maior parte dos santos eram tidos como loucos. E que as opiniões deles não eram em geral muito diferentes da minha.

— Ah, é?

— Sim. Se você pensar bem, é verdade. Os santos eram sempre visionários, marginais, exilados de suas próprias sociedades, profetas se você quiser. Denunciavam os outros, sonhando com um outro mundo. Como eu fiz. Freqüentemente eram encarcerados e torturados. Como eu.

Sua face se anuviou. De repente alcancei e segurei a mão dele. Foi meu primeiro passo verdadeiro na direção dele. Ele me olhou e sorriu.

— Sou um grande desapontamento para você, petit?

— Não — eu disse a verdade —, não é não. Fiquei arrasado quando pensei que você não queria me conhecer. Fiquei feliz quando você telefonou. Como conseguiu fazer isso?

— Falei com Vaury. Ela é correta. Na maior parte do

tempo. Leu meus livros. Eu a persuadi a me deixar sair. Fiz um monte de promessas. Ela ficou do meu lado todas as vezes em que telefonei. Não tenho o direito de usar o telefone.

— Por que não? — Eu não podia compreender aquele mundo de grades e proibições.

— Eh, bien, pois bem, petit, para dizer a verdade, a última vez que usei o telefone foi para chamar os bombeiros.

— Para quê?

— Humm. Eles chegaram com escadas e pés-de-cabra, quebraram as janelas e nos deixaram sair.

Caí na gargalhada. Não era de espantar que o dragão odiasse Paul Michel. O homem não tinha limites nem restrições. Estava além do controle deles. Não tinham acesso à sua mente, mas ele compreendia perfeitamente a mente deles. Era um homem livre.

— Mais, t'es fou — eu ria incontrolavelmente.

— Exactement — sorriu Paul Michel.

Ficamos ali sentados, fumando juntos em silêncio, inteiramente à vontade pela primeira vez.

— Então, petit... diga-me de qual de meus livros você gosta mais. Presumo que leu todos eles, se está fazendo sua pesquisa corretamente.

Assenti com a cabeça.

— Bem, qual deles? — De repente, ele parecia uma criança, pedindo aprovação, elogio. Hesitei.

— *La fuite*, eu acho. Foi o que mais me emocionou. Mas tecnicamente *La maison d'été* é o melhor. De longe. É sua chef d'oeuvre.

Ele não disse nada, mas ficou visivelmente satisfeito. Depois de alguns instantes, disse refletidamente:

— Sim, você está certo. *La maison d'été* é uma peça perfeita de escritura. Mas é frio, frio, frio. *La fuite* parece ser um primeiro romance. Não é o primeiro que escrevi, mas tem a energia emocional de um primeiro romance. E naturalmente, como todo idiota inexperiente, não pude resistir a colo-

Alucinando Foucault 117

car tudo nele. Tudo que eu havia pensado era significativo, importante. Você escreve seu primeiro romance com o desespero dos condenados. Tem medo de não escrever mais nada, nunca mais.

Ele parecia normal, meditativo, um escritor em repouso, o sol e a sombra se deslocando em seu rosto enquanto o vento se movia nas limeiras, e em volta dele, os altos muros cremes do hospício, os portões altos, as janelas cerradas. Acho que foi aí que tomei minha decisão. Se não pudesse fazer nada mais por esse homem que eu admirava tanto, ajudaria-o a fugir daquela prisão.

Ficamos andando entre os arranjos geométricos das rosas e das cercas de sebe, admiravelmente podadas, como se estivéssemos no jardim de um château. O vento batia fresco e quente em nossos rostos.

— Como você pode suportar isso? Lá em cima? O cheiro, quero dizer?

— Bem, petit. Não reparo muito nisso. Estava muito ruim no dia em que você esteve lá. Marc estava tendo uma crise. Ele não tinha a menor idéia de quem era ou de onde estava. Seja como for — e aí ele me olhou maliciosamente —, passei o começo de minha vida fazendo sexo em banheiros por isso acho o cheiro de mijo bastante erótico.

Eu me senti desajeitado, rígido e classe-média. Ele me cutucou na costela.

— Você se choca tão facilmente, petit. E tenta não demonstrar isso. Como todos os ingleses. Eu sempre quis peidar em suas festas literárias.

Olhei para ele com pesar, e percebi que estava me provocando.

— Mas você é mesmo exibicionista. Ia peidar e quebrar coisas só para tirar um sarro.

— É verdade.

Ele se sentou à beira da fonte e fumou outro cigarro. Reparei que não conseguia andar uma grande distância. Estava terrivelmente frágil, inseguro em seus movimentos. Mesmo assim, comparado com as pessoas que eu via cambaleando por ali à nossa volta, mostrava-se surpreendentemente bem-coordenado e forte. Comentei sobre essa diferença.

— Humm — concordou. — Tomo menos drogas e corro mais riscos. Prefiro continuar sabendo e vendo as coisas que faço, ser louco como eles dizem aqui, e não estão errados, do que me tornar um vegetal sóbrio e aceitável. A maior parte dos homens em minha unidade sente o mesmo. Mas é um alto preço a ser pago, dia após dia.

Um leve jorro da fonte deixou pingos brilhantes nos pêlos que cobriam seus braços.

— Tente não ficar louco, petit — ele disse suavemente.

— Será que posso evitar? — Perguntei.

Ele riu.

— Não. Provavelmente não. Há quem diga que é uma doença hereditária. Ou uma reação química no cérebro. Os franceses fazem o tratamento com drogas pesadas. Mas também remexem sua infância em busca de razões. Não há razões.

— E como é? — No mesmo instante me arrependi da pergunta.

Ele levantou os ombros desamparadamente.

— Ah, bem. Como é que é? Você quer mesmo saber?

— Não responda se não puder. Ou se isso for fazê-lo se sentir mal.

Ele riu, seu riso largo, caloroso, e olhou para mim. Então reparei na verdadeira diferença entre ele e todos os outros pacientes cujos rostos eu evitara. Estava em seus olhos; seus olhos estranhos, faiscantes, absolutamente claros, sem hesitação, ainda firmes, implacáveis, julgadores.

— Não. Falar sobre isso não me faz mal. Nem me leva a uma crise terrível. É um estado de medo, de angústia real, de terrores extremos. No princípio eu me vi correndo, me precipitando, como se estivesse sendo caçado. Você imagina que está sendo procurado, perseguido. Depois começa a viver aqui-

Alucinando Foucault   119

lo em que você acredita. A coisa mais terrível, no entanto, é a maneira pela qual as cores mudam. Eu via o mundo inteiro em violetas, vermelhos, verdes. Não havia mais nada sutil; apenas cores primárias, violentas. Você não consegue comer. É como se houvesse dor, dor em toda parte. Você perde o sentido do tempo. É como entrar num túnel de cores... Eu sou levado a representar. Você sabe disso. E tem razão. Um exibicionista nato. Mas quando estava louco, eu não estava representando. Não podia me expressar, a não ser pela violência. Sentia que precisava me defender. Era como se eu estivesse sendo constantemente atacado. E sentia que não tinha substância. Eu era transparente.

Enquanto Paul Michel falava, olhando-me fixamente, fiquei sem fôlego.

— Exatamente antes de enlouquecer pela primeira vez sofri crises de angústia, uma ansiedade atormentadora. Era incapaz de manter qualquer forma de contato com os outros. Assim como estou falando com você agora. Então comecei a alucinar. Via tanques nas ruas de Paris. Gradualmente fui deixando de distinguir entre as ilusões e a realidade. Era um estranho para mim mesmo. Era um estranho no mundo.

Olhou para as árvores. Depois disse tranqüilamente: — Você não pode imaginar o horror do dia-a-dia. Descobri que eu havia escrito em meus joelhos, em minhas mãos, na parte interna do meu braço direito. Quando vi esses escritos, soube que estava louco.

Ele se levantou e afastou-se de mim, caminhando até as aléias cheias de sombra. Fiquei reparando os padrões que se alteravam nas costas de sua camisa branca enquanto ele andava sob as árvores. Deixei-o ficar só. Esperei.

Quando ele voltou até onde eu estava, pôs-se a olhar para meu rosto assustado. Observou meu medo por alguns instantes. Depois tocou meu queixo e segurou-o com sua mão esquerda.

— Não fique com medo, petit. Já passou.

120   Patricia Duncker

— Sei disso. Você não está louco. Não está. Por que não vai embora?

Eu estava quase chorando. Ele riu, sentou-se a meu lado.

— Para onde eu iria?

— Mas não existem... não sei... centros para tratamentos diários, ou algo semelhante?

— Ah, sim, o Centre d'Accueil, e meu Deus, o Hôpital de Jour. Onde se pode aprender inglês e cerâmica. Ecoute, petit. Posso falar inglês perfeitamente bem e estou cagando para a cerâmica.

Nós dois rimos. Em seguida eu disse impetuosamente:

— Vou tirar você daqui. Venha comigo.

Paul Michel como que se iluminou por um instante. O mesmo lampejo que eu já vira e me havia enchido de terror. Mas passou logo.

— Por enquanto você terá que vir até mim, petit — ele disse. — Preciso entrar e me trancar de novo. Você volta amanhã?

— Todo dia — eu disse. — O tempo que levar.

Olhamos um para o outro. Eu não expliquei. Ele compreendeu.

E assim começou um ritmo bizarro que assumiu uma qualidade alucinatória. Dia após dia, eu abria as persianas para ver os vulcões de Auvergne brilhando de calor, o céu de um azul cobalto agressivo, uniforme, que se tornava branco ao longo do dia. Desviava meus olhos dos cimos silenciosos e pustulentos para descansá-los nas fileiras militares das criaturas de porcelana. Dia após dia pegava o ônibus para Sainte-Marie e passava todo meu tempo com Paul Michel. Às vezes conversávamos sem parar durante horas, às vezes ficávamos sentados em silêncio e fumávamos. Comprava sanduíches para ele, gomas de mascar, latas de cerveja e Coca-Cola, tabletes de chocolate, bolos da patisserie da esquina, intermináveis maços de cigarro. Todo o dinheiro que eu recebera para estudar seus escritos foi gasto com ele. Eu o fizera andar à luz do sol.

Alucinando Foucault

— Você precisa recuperar suas forças — eu insistia. Eu já estava planejando a ruptura.

E toda noite ficava falando de Paul Michel para a platéia fascinada do senhor e da senhora Louet. Ela saíra e comprara um livro sobre esquizofrenia e descobrira que havia quinhentos mil diagnosticados só na França.

— Pode acontecer a qualquer hora com qualquer um — ela disse, com um olhar de superioridade para seu marido.

Pascale Vaury monitorava minha presença, atenta, mas sem interferir. Nunca mais subi de novo até a ala fechada. Tinha permissão para ficar com ele o dia inteiro. Caminhávamos sempre nos jardins. O dragão agora me associava solidamente com a insolência e a energia crescente de Paul Michel. Ela me retribuiu, passando a odiar-me também. Depois de uma semana mais ou menos, comprei flores para ela apenas pelo prazer de testemunhar sua fúria enquanto me agradecia.

Às vezes conversávamos sobre escrever.

— Eu faço as mesmas exigências para as pessoas e para os textos ficcionais, petit: devem ser abertos, carregar dentro deles a possibilidade de ser e de mudar qualquer um que encontrem. Aí então a coisa começa a funcionar, a dinâmica que deve haver, entre escritor e leitor. Aí você não precisa se incomodar em ficar perguntando se é bonito ou se é horrível.

— Mas isto não se aplica ao que você escreveu — eu interrompi. — Pense no que as pessoas dizem a seu respeito. Falam sobre sua austeridade, seu classicismo. Você nunca é encontrável em seus textos. Há apenas esta voz sem rosto, fria, abstrata. Mesmo quando está falando sobre coisas que outras pessoas pensam que são... vá lá, chocantes.

— E você não acha que são chocantes, petit? — Ele me olhou ironicamente, de uma distância imensa.

— Não. Bem, talvez um pouco. Mas nada tão chocante,

122   Patricia Duncker

agora que o conheço, quanto essa perfeição fria, gelada que você consegue em sua escrita... esse desligamento absoluto.

— Então eu devia ser como escrevo, é isso?

— Não, não. Eu estava fora de mim. Senti que estávamos tocando a areia no fundo do rio.

— Não é isso que quero dizer. É que se você acha que a ficção deveria ser aberta, teria que produzir superfícies ásperas, não os suaves monumentos perfeitos que você escreve. Eles são belos, muito belos. Eu os amo. Você sabe disse. Passei anos lendo-os e relendo-os. Mas não são abertos. Não são. São textos fechados.

Ele olhou para baixo.

— E você sente o vento do frio. É isso, petit?

— Sim, eu sinto. Isso não é problema, é apenas um fato. Há uma frieza naquela beleza, naquele cinismo, naquele desligamento. Uma indiferença aterradora. Implacável, quase.

Ele me olhou diretamente. Percebi que falara demais. No entanto, agora que eu o conhecia, não podia acreditar que tivesse escrito aqueles livros.

— Sinto muito. Não quis parecer crítico. Mas é que você é o homem mais apaixonado que já conheci. E não se parece nada com o que escreve.

— Talvez — ele disse, jogando seu cigarro na areia —, talvez quando você se importa, terrível e dolorosamente, com a configuração do mundo, e tudo que você deseja é a mudança radical, absoluta, você se proteja com a abstração, com a distância. Será que o caráter remoto de meus textos é a medida de meu envolvimento pessoal? Será que essa frieza que você descreve é uma ilusão necessária?

Sentamos em silêncio durante algum tempo, depois caminhamos em volta da fonte.

Uma vez conversamos sobre a solidão.

— É um de seus principais temas — eu disse, soando como o juiz que agora tinha seu prisioneiro firmemente tran-

Alucinando Foucault

cafiado num sólido compartimento —, mas nunca fala disso diretamente. Exceto em *L'évadé*, e este é o único livro em que você emprega a narrativa na primeira pessoa. De todos.

Evitei assinalar que esta fôra a última coisa que ele escrevera, fora as inscrições na parede. Ele olhou para baixo, para a areia debaixo de seus sapatos.

— Você está me perguntando se sou um homem solitário, petit? Ou está me pedindo para lhe falar mais sobre minha escrita?

Compreendi que essas duas coisas, que eu sempre mantivera em minha mente como distintas e apartadas, não estavam mais separadas. Paul Michel e o drama oculto vivido em seus textos estavam completa e terrivelmente fundidos. E este processo não era obra dele, mas minha. Era o fim de minha investigação, de minha meta, de meu graal. Ele próprio se tornara o livro. Agora eu estava pedindo ao livro para me entregar todos os seus segredos.

— Não sei — respondi, hesitante.

Ele compreendeu que eu me refugiara na verdade. Sorrimos um para o outro, e todo o incômodo do momento se dissolveu em cumplicidade.

— Você é um patifezinho honesto — ele sorriu.

— Bem, há dois tipos de solidão, não é? Há a solidão do isolamento absoluto; o fato físico de viver só, de trabalhar só, como sempre fiz. Isso não precisa ser doloroso. Para muitos escritores é necessário. Outros precisam de uma equipe de empregadas da família para datilografar seus malditos livros e manter seus egos flutuando. Estar só na maior parte do dia significa que você escuta ritmos diferentes, que não são determinados por outras pessoas. Acho que é melhor assim. Mas há um outro tipo de solidão que é terrível de suportar.

Ele fez uma pausa.

— E esta é a solidão de ver um mundo diferente daquele das outras pessoas à sua volta. A vida deles fica bem afastada da sua. Você pode ver o golfo e eles não. Você vive entre eles. Eles caminham na terra. Você caminha sobre o vidro. Eles se sentem seguros com a conformidade, com semelhanças cuidadosamente construídas. Você está mascarado, ciente de sua diferença absoluta. É por isso que sempre vivi nos bares, les lieux de drague, simplesmente para ficar no meio dos outros que eram como eu.

— Mas será que... humm... o cenário gay não termina com todos tentando ser como os outros também?

Eu só estivera uma vez num bar gay. Mike e eu nos metemos num deles por engano, pensando que era um bar comum. Todo mundo ficou nos olhando. Parecíamos ser as únicas pessoas que não estavam usando camisetas e jeans. Mike entrou em pânico quando entendeu o que tinha acontecido e os olhares estavam se tornando insinuantes e animados. Bebemos nossas cervejas com rapidez apavorada e nos mandamos, evitando uma massa de olhares fixos e interessados.

Paul Michel sorriu ironicamente.

— Tout à fait, petit. E eles estavam sempre zangados comigo por abraçar a hostilidade da diferença. Por insistir na perversidade.

— Mas — eu não pude resistir —, se é tão terrível e difícil assim, por que não tentar se tornar um grupo? Ser aceito?

Ele se iluminou diante de mim por um instante, depois disse: — Prefiro ser louco.

Desisti.

— Não compreendo você.

Ficamos sentados em silêncio durante muito tempo. Senti que eu havia tocado o hieroglifo impenetrável do muro. Paul Michel não me deixaria penetrar mais fundo em seu mundo secreto.

Mas havia algo extraordinariamente generoso nele. Compreendi que era incapaz de ficar ofendido ou de guardar rancor. Toda vez que eu me sentia rejeitado, desconcertado, afastado, ele imediatamente se aproximava de mim. Quando eu hesitava, ele era direto. Se eu dizia um pensamento pela me-

Alucinando Foucault 125

tade, ele completava minha frase. Era eu que me mostrava melindrado, espinhoso, fácil de ferir. Ele sabia coisas sobre mim que ainda não explicara a mim mesmo. Sempre respondia minhas perguntas verdadeiras, minhas demandas genuínas, com extraordinária intuição. Tinha uma grande capacidade de compreensão, uma tolerância por trás de sua rispidez que me desarmava completamente. Comecei a entender o que Jacques Martel dissera: que no recesso de sua loucura havia uma grandeza, uma simplicidade de espírito incapaz de mentiras, ressentimentos mesquinhos ou ciúmes insignificantes. Ele lidava com emoções primárias, coisas essenciais. Paul Michel vivia no limite de sua própria sanidade, dia após dia. Era isto que o tornava tão extraordinário, e tão perigoso. Ele sempre seria capaz de me matar. Ou a si mesmo.

Nossos dias nos jardins do hospício adquiriram uma beleza sinistra. Nós nos sentávamos à luz brilhante e sob a sombra verde, ouvindo as fontes, os pés se arrastando na areia, e bem longe, os sons distantes das sirenes de emergência. O tempo se tornou incalculável; sem significação.

— Você sabe, fico feliz que estejamos sempre ao ar livre — eu disse. — Nunca vi uma fotografia sua tirada em ambientes fechados.

Ele olhou para a altura dos muros que nos cercava.

— Você é bom observador às vezes, petit, sem saber que é. Sofro terrivelmente de claustrofobia. E acho que passei minha vida atrás das grades e em pequenos quartos de empregado. Mas tudo com que sonho são oceanos, desertos, espaços infinitos. Todos os pesadelos de meus livros acontecem dentro de lugares fechados. Até em *La maison d'été*. Toda a família está lá com as persianas fechadas naquele calor, prontos para cortar os pescoços uns dos outros.

— Será que podíamos sair? Um dia só, quero dizer. Será que você consegue permissão?

— Por que não pede a Pascale Vaury? — Paul Michel respondeu, sem me olhar.

Não saberia dizer se ele desejava de fato sair do hospício ou se o faria apenas para me agradar. Seu tom não indicava nada além de uma indiferença cuidadosa. Quando deixei o hospital naquela tarde marquei uma entrevista para ver a dra. Vaury.

De volta à sua sala fria e limpa com o sofá preto no canto, eu me senti repentinamente jovem demais, um amador irresponsável demais para aquele tipo de jogo. As chaves dela caíram silenciosamente enquanto se sentava. Ela era a dona do labirinto e eu era o criado do Minotauro.

— Você queria me ver? — Ela nunca deixava nada barato.

— Sim. Estava pensando... isto é... já que Paul Michel parece estar tão... bem, não, melhor... não saberia dizer... mas ele nunca me parece perturbado, ou pelo menos não efetivamente. Estava pensando se eu podia levá-lo para um passar o dia. Eu o traria de volta, naturalmente.

Pascale Vaury riu alto.

— Paul Michel nunca pede permissão para sair — ela sorriu para mim. — Ele simplesmente sai.

Fiquei no ar. Não entendi nada.

— Ouça — ela disse —, ele tem uma doença que se mantém firme, e vai se acalmando com o tempo. Mas há perigo até mesmo quando ele parece bastante razoável. Você tem feito maravilhas com ele. Não posso negar isso. Eu não estava convencida de forma alguma quando você veio pela primeira vez aqui. Não pensei que fosse conseguir. Nem ele. Mas você conseguiu. Ele se ligou a você.

Ela levantou o lápis de novo e seu tom mudou completamente.

— Não estou convencida de que o que você está fazendo será bom para ele no fim. Se não tivesse me pedido para me ver, eu iria insistir para falar com você. Há duas semanas que você vem aqui todo dia. A maior parte das pessoas tem medo de Paul Michel. Até mesmo alguns enfermeiros tomam

Alucinando Foucault 127

cuidado quando lidam com ele. Ele pode ser muito perigoso. Agora parece transformado. Ah, sim, o humor e a energia estão presentes e se fortalecendo. Mas sua agressividade parece ter acabado. E é isso que acho sinistro. Não alteramos a medicação dele. Você vem aqui, cortejando-o como um amante. O que vai acontecer a ele quando você for embora? Já pensou nisso?

Fiquei ruborizado, sem poder me controlar, com as implicações do que ela tinha dito. Vi que minhas mãos estavam tremendo. Mas fiquei firme.

— Será que seria melhor se eu não tivesse vindo? E ele ficasse aqui, violento, frustrado, trancado? É isso que você deseja para ele?

— O homem é doente. Não é um prisioneiro. É um doente. E responda minha pergunta. Você já refletiu sobre o que irá acontecer quando for embora? O que, depois de toda esta atenção e devoção, será da vida dele? Você não vai passar sua vida num chambre d'hôte em Clermont-Ferrand.

Todas as perguntas que eu nunca me fizera surgiram diante de mim. Mas naquela altura eu também não era mais racional. Durante anos minha vida fôra dominada por Paul Michel. Eu simplesmente estava levando minha dedicação até o fim da linha. Parti para a ofensiva.

— Seu objetivo não é manter seus pacientes trancados para sempre. Não pode ser. Se ele está doente você deseja curá-lo. Você disse que eu fiz diferença. Até eu posso ver a diferença nele. Como é que ele pode sair daqui se não tiver ninguém para apoiá-lo? E nem lugar para onde ir? Deixe-me levá-lo comigo. Por um dia. Depois talvez um mês? De férias. A qualquer lugar. Quando foi que ele teve férias pela última vez? Esta é a chance dele. Eu sou a chance dele. Vai recusar esta chance a ele?

Ela me olhou com desespero.

— Eu iria precisar de algum tipo de garantia de sua parte, entende? Ele teria de ser registrado na clínica ou no Hôpital de Jour aonde quer que você vá. E na polícia. É preciso um monte de papéis para que ele saia. Pode levar muito tempo. Eu teria de requisitar a liberação dele à Secretaria de Segurança. Ele precisaria comparecer diante do comitê de consultores médicos. E eles teriam de chegar a um acordo. Ele não pode simplesmente ir embora. Há muitas coisas para se fazer.

— Então faça.

Fui quase rude com ela.

— Faça. Deixe-o sair.

Ela engoliu algo que estava prestes a dizer. Levei adiante minha inesperada vantagem.

— E deixe-me sair com ele só por um dia. Amanhã. Não vamos sair de Clermont. Só vamos dar uma volta. E comer. Você precisa de uma carta do ministério para isso?

Pascale Vaury levantou-se, sem sorrir.

— Está certo. Vá ver Paul Michel. Não estou prometendo nada, portanto não desperte as expectativas dele. Verei o que posso fazer.

Agradeci-lhe com gélida formalidade e saí à toda pelos corredores abafados, procurando as portas certas.

Quando estava voltando para casa naquele dia, descobri que ela deixara um recado para mim na administração, que me foi entregue, com muita má vontade, pelo dragão. Eram duas linhas concisas, escritas em inglês no papel de carta do hospital.

Levará 48 horas para obter a ordem de licença de um dia para Paul Michel. Você pode pegá-lo no sábado. Vou dizer a ele. Vaury.

Saí dançando pela rue St. Jean-Baptiste Torrilhon. Estava celebrando minha primeira vitória de verdade.

Ao atravessarmos juntos as portas do hospício, com as mulheres olhando para nós, incrédulas, respirei bem fundo, como se eu fosse o interno. Paul Michel simplesmente atravessou a rua e fez uma meia-volta, reflexivamente, para olhar os graffiti escritos no muro; o escritor contemplando um primeiro rascunho não-revisado.

— Humm — ele disse —, ninguém tentou remover o que escrevi. Não está simétrico em relação à porta. Mas eu estava de pé sobre duas cadeiras e foi no meio da noite.

— Quando foi a última vez que você saiu? — Perguntei.

— Há um ano. Foi quando saí de Paris para vir para cá. Fiz o graffiti em março.

— Por que não tentou fugir nesse dia?

Ele me olhou, com ar divertido. E não disse nada.

— Venha, petit — ele pegou meu braço e saímos andando —, vamos indo.

Paul Michel olhava para o mundo urbano, do qual fôra excluído por tanto tempo, com um desligamento que não chegava sequer à curiosidade. Era a mirada de um observador desinteressado, a indiferença de um homem que não se sentava mais à mesa, fazendo sua aposta, absorvido no jogo. Ficou na esquina fumando, olhando os rapazes como se fossem animais selvagens, aprisionados por trás de uma parede de vidro. Fiquei desapontado, irritado mesmo com sua atitude. Não se mostrava nem agradecido nem satisfeito por estar caminhando livre de sua prisão. O que eu conseguira não tinha nenhuma significação. Os muros estavam dentro dele. Tomamos uma cerveja num bar. Ele não falou comigo. Ferido, decidi fazer um gesto afirmando minha independência. Saí e comprei *The Guardian* e tentei ficar em dia com o mundo da Inglaterra por alguns instantes. Ele ficou brincando no fliperama. E sua absorção era completa. As luzes piscando, os vigorosos ruídos eletrônicos e as bolas giratórias de mercúrio pareciam hipnotizá-lo numa concentração absoluta. Levantei os olhos das notícias do exterior para o som do aplauso. Um pequeno grupo de rapazes se reunira à volta dele. Seu total de pontos fôra tão grande que atingira o prêmio máximo. Um fluxo de moedas de dois e cinco francos cascatearam em volta dos joelhos dele. Ele riu, voltado para o balcão.

— Tu vois, petit. Je suis quand même gagneur. Eu ainda ganho. O que é que você quer?

Eu me derreti um pouco e bebi mais cerveja. Reparei que ele mal bebia. Depois de alguns instantes, eu disse:

— Você ainda ganha. Mas não liga a mínima para o fato de ganhar ou perder. Você ainda se importa com alguma coisa?

Acabei sendo mais ríspido do que fôra minha intenção. Não conseguia mais lidar com sua total indiferença ao mundo e a tudo o que existia nele. E embora não pudesse entender meus próprios motivos naquele momento, temia que sua indiferença me incluísse involuntariamente. Podia ser qualquer um que tivesse ido ao encontro dele. Eu era simplesmente um peão em algum jogo mais vasto. Não fôra escolhido.

Ele não me respondeu de imediato. Ficou apenas olhando para a massa de pessoas se movimentando em meio ao trânsito e às calçadas debaixo do sol do verão. Depois disse:

— Venha. Quero comprar algo para você.

Voltamos para o circuito dos pedestres e ele parou em frente a uma boutique que vendia, entre outras coisas, casacos de couro feitos a mão fabulosamente caros.

— Oh, não — objetei imediatamente — não posso deixar você fazer isso.

— Vocês ingleses são sempre deselegantes — disse Paul Michel sorrindo, e me empurrou para dentro da loja.

Até então eu tinha pago tudo e presumia que ele não tinha dinheiro, a não ser as moedas que ganhara no fliperama. Passamos uma hora nos olhando em espelhos gigantes, vestindo confecções cada vez mais caras.

— Nós dois precisamos de um corte de cabelo — ele constatou. — É o que vamos fazer em seguida.

Eu nunca me interessara em toda minha vida por aquilo que vestia. Minha mãe costumava comprar todas as minhas

Alucinando Foucault   131

roupas. Quando saí de casa e tinha meu próprio dinheiro na universidade, comprava tudo que era neutro e adequado. A germanista sempre usava jeans e Doc Martens[14] com o cadarço amarrado três vezes em volta do tornozelo. Ela usava camisas brancas largas no verão. Nunca a vi usando uma saia e não creio que tivesse alguma. Paul Michel, por outro lado, achava que cada detalhe na apresentação era crucialmente importante. Reparava aspectos dos casacos, camisas e calças expostas diante de nós que sugeriam padrões tão exigentes como os de Yves St. Laurent inspecionando a coleção de verão.

— Minhas roupas não lhe agradaram? — Perguntei mortificado, refletindo em minha transformação de sapo para príncipe.

— Não — ele disse. — Comentei na segunda vez em que o vi. Mas para dizer a verdade depois não reparei mais. No entanto, já que você está saindo comigo, quero que fique maravilhoso. OK?

O empregado da loja ficou encantado em vez de se desesperar com as exigências e críticas de Paul Michel. Mas o choque veio quando ele fez surgir um talão de cheques junto com sua carte d'identité e assinou um cheque de mais de quatro mil francos. Fiquei sem fala. Minha impressão era de que ele não tinha um tostão, não tinha existência legal e certamente nem possuía documento válido ou talão de cheques.

— Não sabia que você tinha dinheiro — eu disse finalmente.

— Sou até rico — ele sorriu ironicamente. — Você não me disse que sou uma obra acabada, petit? Não há lojas no service fermé. Eu pago minha permanência no Sainte-Marie, você sabe. Não sou um peso para o Estado.

Ficamos pela rua carregando sacolas de plástico cheias de nossas roupas velhas. Paul Michel ria para mim bem alto.

---

[14] Doc Martens: um tipo de bota ou de sapato pesado com cadarço. (N. do T.)

— Bem, petit. E você derramou todo este amor e atenção sobre mim sem pensar no retorno? Ninguém pode dizer que você é um caçador de fortunas.

Ele tirou a sacola plástica de minha mão sem resistência e a jogou numa grande lata de lixo verde da prefeitura junto com a dele. A tampa bateu e fechou.

— Agora vamos cortar o cabelo, beber um apéritif no café em frente à catedral e deixar que nos olhem. Depois vamos comer na crêperie.

Eu me coloquei nas mãos dele.

Quinze Treize era um edifício antigo no perímetro da catedral. Havia muitas pequenas salas fora do espaço do restaurante principal. Estava escuro e quente lá dentro. Todas as portas e as janelinhas envidraçadas davam para dois pequenos terraços atrás de uma torre atarracada contendo uma escadaria. A entrada era quase invisível, sob uma arcada baixa e depois de duas enormes portas cheias de tachas. Às sete e trinta já estava quase cheio. No porão em forma de abóbada havia um outro bar e um piano. Ouvimos uma cantora fazendo aquecimento. Olhei para a escadaria inclinada e ouvi uma risada vinda do alto dos degraus. Paul Michel conversava com o homem do bar como se fossem velhos amigos e fomos imediatamente levados para uma excelente mesa perto da janela. O garçom tirou o pequeno cartão com a inscrição "Réservé".

— Você o conhecia? — Perguntei, impressionado.

— Não — sorriu Paul Michel.

— Essa mesa estava reservada. Você telefonou antes?

— Não — ele se iluminou por um segundo —, mas disse a ele que nós éramos da Mairie e que eu era um dos assessores do prefeito, e que o próprio prefeito viria se juntar a nós mais tarde. Foi por isso que arrumamos uma mesa para três.

Fiquei boquiaberto.

— Você, o quê? Você disse isso a ele?

— Mais bien sûr. Porque se ele descobrir que nós fugimos de Sainte-Marie a história será perfeitamente explicável. Se sou louco, provavelmente penso que trabalho para alguém importante.

— Você é impossível.

Escondi meu rosto no menu. Não queria que visse que eu estava rindo. Também fiquei encantado com a maneira como ele falara de nós como prisioneiros fugitivos. Durante a refeição bebeu um copo de vinho, e começou a me contar histórias. Falava como se fôssemos velhos amigos; contou-me histórias de sua infância. Ele refletia sobre os significados da loucura. Eu ouvia fascinado. Isto é tudo o que consigo lembrar.

— Até em Toulouse o quartier parecia uma aldeia. Havia uma pequena comunidade de espanhóis, um bando ainda menor de árabes. Naturalmente, há mais gente morando lá hoje. Isso foi na década de 50. Durante a guerra da Argélia. Um deles, uma espécie de avô patriarca, que sempre usava roupas brancas novas, sentava-se no banco em frente à sua casa. Recitava o Corão, de modo muito bonito, toda a poesia da oração emanava dele, dia após dia. E as crianças se reuniam à sua volta para ouvir. Até que dava seis horas. Então todo o seu discurso e comportamento mudavam, e não discorria mais sobre nada a não ser sobre sexo e trepadas; uma longa torrente de obscenidades. As crianças se dispersavam quando sua neta voltava para casa às sete horas e o arrastava para dentro de casa. Mas aí já tínhamos desfrutado uma hora de porcaria em francês mal-pronunciado que nos deixava arrebatados de alegria. Eles não trancam seus loucos. Dão-lhe roupas brancas novas e deixam-nos do lado de fora de casa para fazer profecias...

— E em nossa aldeia em Gaillac havia um homem com unhas muito compridas que ficava vagando entre a boulangerie e o bar, pedindo dez francos a qualquer um que passasse por ali e ameaçando cortar seu rosto se você não lhe desse o dinheiro... Nem todos vivemos internados, você sabe...

— Eu era apenas uma criança. Costumava andar entre as vinhas no alto de nossa casa ao crepúsculo. Costumava conversar com os espantalhos vestidos com cachecóis, calças bufantes embolotadas e velhos bonés achatados. Meu avô me viu dançando em volta de um espantalho, instando a criatura a dançar comigo. E gritou que se eu ficasse imaginando coisas eu ia acabar como minha avó, que perdeu o juízo bem cedo. Ela cantarolava e sussurrava continuamente. De fato não sou como ela, sou como ele...

— Todos os escritores são, de um modo ou de outro, malucos. Não les grands fous, como Rimbaud, mas malucos, sim, malucos. Porque não acreditamos na estabilidade da realidade. Sabemos que ela pode se fragmentar, como uma lâmina de vidro ou o pára-brisa de um carro. Mas também sabemos que a realidade pode ser inventada, reorganizada, construída, refeita. Escrever é, em si mesmo, um ato de violência perpetrado contra a realidade. Você não acha, petit? Nós escrevemos, deixamos escrito, e desaparecemos despercebidos...

— Você sabe o que eles estão tentando fazer comigo no hospício, petit? Estão tentando me tornar responsável por minha própria loucura. Ora, isto é muito sério. Que acusação...

— Uma de minhas alucinações é que sou o último homem e que à minha frente não há nada, a não ser um deserto onde provavelmente todos estão mortos...

— Eu conto histórias. Todos nós fabricamos histórias. Eu conto histórias que fazem você rir. Adoro ver você rindo. Nunca irei escapar desta prisão de histórias sem fim...

— Você não quer um crêpe sucré, com Grand Marnier e creme? Vá em frente, eu o desafio a comer um...

— Você já leu o que Foucault escreveu sobre Bedlam? A loucura é teatro, um espetáculo. Temos muito poucas palavras para designar o que queremos dizer com loucura, em francês. Vocês, ingleses, têm uma galáxia de palavras para os dementes: doido, maluco, apatetado, idiota, rábido, perturbado, maníaco, absurdo, insano. É importante atravessar to-

Alucinando Foucault

dos esses significados. Olhe para você, petit, só um louco viria a Clermont para encontrar alguém que está encarcerado há quase dez anos, com tão pouca esperança de me encontrar. Sem saber quem você iria encontrar.

Olhou cuidadosamente para mim.

— Loucura e paixão sempre foram intercambiáveis. Através de toda a tradição literária ocidental. A loucura é um modo de fazer perguntas difíceis. A loucura é uma abundância de existência. O que ele disse, o rei tirano sem poder? Ó tolo, eu ficarei louco.

— Talvez a loucura seja o excesso de possibilidade, petit. E escrever tem a ver com reduzir a possibilidade a uma idéia, a um livro, a uma frase, a uma palavra. A loucura é uma forma de auto-expressão. É o oposto da criatividade. Você não consegue fazer nada que possa estar separado de você mesmo, se você é louco. E no entanto, veja Rimbaud, e o maravilhoso Christopher Smart[15] de vocês. Mas não alimente idéias românticas sobre o que quer dizer estar louco. Minha linguagem era minha proteção, minha garantia contra a loucura, quando não havia ninguém para ouvir, minha linguagem desapareceu junto com meu leitor.

Não pude resistir ao momento. Assumi o risco.

— Posso lhe perguntar a respeito de Foucault?

Sua resposta tão instantânea como uma bala, selvagem, furiosa.

— Não.

Não podia reparar meu erro. Procurei palavras, murmurei minhas desculpas. Toda sua fisionomia mudara; seu rosto dilacerado pela dor brilhou com uma raiva cruel e extraordinária. Ele se levantou.

— Você me desaponta, petit. Estava começando a pensar que você não era idiota.

---

[15] Escritor inglês do século XVIII (1722-71), autor de *Song to David*. (N. do T.)

O que aconteceu em seguida foi tão rápido que nem vi exatamente o que tinha acontecido. Um homem apareceu por trás de Paul Michel quando ele se levantou, dando-lhe um leve empurrão. O homem fez algum comentário. Não escutei as palavras, mas era algo malicioso, intencional, insinuante e inequivocamente agressivo. O homem balançou a cabeça em minha direção, e o que queria dizer, mesmo sem palavras, não era nada ambíguo. Paul Michel acertou-o subitamente, duas vezes, uma no estômago e uma no rosto. Ele caiu de costas na mesa que ficava atrás da nossa. As mulheres pularam, agarrando suas bolsas e gritando. A sala inteira se precipitou no caos quando alguém agarrou Paul Michel pelo colarinho de sua camisa. Voei em cima do homem que botara as mãos em cima dele e então senti meus ombros desabando em cima dos vasos de gerânios vermelhos, alinhados no peitoril da janela. Dois deles tombaram para uma mesa do lado de fora, cobrindo a comida com terra molhada e raízes. Nessa altura, o homem que dera início ao incidente estava de pé de novo, e não ligava muito para quem ele atacava, desde que estivesse em vantagem. Veio para cima de mim. Saí do alcance dele. Paul Michel abriu-lhe a cabeça com uma garrafa. Havia sangue em cima dos pratos de cerâmica quebrados, vazios. Todo mundo na sala parecia estar gritando.

E foi também de repente que tudo terminou. Um homem com enormes braços nus e um avental, que evidentemente emergira das profundidades vaporosas da cozinha, empurrou Paul Michel e seu agressor para fora do corredor. Peguei nossos casacos e corri atrás dele. Surpreendentemente, ninguém insistiu em explicações. A gerência queria todos nós fora do restaurante o mais rápido possível. Havia uma mulher me empurrando, matraqueando. Não conseguia entender uma só palavra do que ela dizia. Alguém a arrastou para a toalete. À nossa volta o tumulto do sábado à noite e a música martelada prosseguiram, como se não tivesse havido nenhuma inter-

Alucinando Foucault

rupção. Ouvi Paul Michel dizendo, com grande pose: — Eu terei, naturalmente, que fazer um relatório para o prefeito... E o gerente do Quinze Treize desculpou-se profusamente. Saí aos tropeços atrás da retirada cheia de rígida dignidade de Paul Michel sob a arcada até a rua.

— Você pagou, petit? — Ele perguntou, abraçando-me.

— Não.

— Bem. Nem eu. Você não se feriu?

— Não. Acho que não.

Ele tirou a poeira de minhas roupas e as ajeitou. Eu tinha sujeira dos vasos de flores em minha camisa nova.

— Sai na lavagem. Ensaboe hoje à noite. Venha. Vamos até um bar.

Andamos rapidamente colina abaixo pelas ruas que escureciam. Ele ainda estava me abraçando.

— Ouça — eu disse. — Sinto muito...

— Psiu... — Tampou minha boca com sua mão e puxou para que o encarasse. Olhamos um para o outro durante um segundo terrível. Depois ele disse: — Eu jamais bateria em você.

Ele me puxou para perto e me beijou para valer no meio da rua, ignorando as pessoas que passavam por nós. Fomos andando até a place de la Victoire. Paul Michel estava completamente calmo e eu tremia de medo.

Três dias depois estávamos sentados fumando, lado a lado como de costume, do lado de fora nos jardins. Eu estava lendo e Paul Michel estava recostado, estirado num comprido assento de pedra, olhando para as manchas móveis de luz e sombra nas limeiras, com olhos semi-cerrados. Nenhum de nós ouviu Pascale Vaury se aproximando. Ela deve ter ficado ali de pé nos observando durante algum tempo. Eu não tinha idéia do que viria, mas acho que ele sim.

Paul Michel era completamente diferente de qualquer outra pessoa, homem ou mulher, que eu conhecia. Não me fazia qualquer exigência específica e, no entanto, pedia tudo que eu tinha; meu tempo, energia, esforço, concentração. Pois algo significativo havia mudado entre nós dois desde a noite desastrosa no Quinze Treize. O equilíbrio de forças mudara. Eu não controlava mais a situação e o resultado se tornara radicalmente duvidoso.

— Eu tenho algumas notícias para vocês dois — disse Pascale Vaury, com uma fisionomia sem expressão. Tive um leve sobressalto ao ouvir sua voz e levantei a vista. Paul Michel nem reagiu nem se mexeu. Continuou a olhar para as árvores. Ela se dirigiu à letárgica indiferença dele.

— Fiz o requerimento de uma ordem de licença temporária para você na prefeitura. Devo dizer que recebi uma certa pressão por causa do requerimento. Recebi uma bateria de telefonemas de seu representante legal. Devido ao prestígio dele no sistema médico, não tive muita escolha. Expressei minhas dúvidas. No entanto, a ordem foi aceita, submetida a um relatório adicional do comitê de consultores médicos. Você irá comparecer diante do comitê amanhã. Se tudo correr bem, pode sair no sábado, mais tardar na segunda. Presumo que queira comparecer desta vez.

Ela fez uma pausa, olhando criticamente para Paul Michel. Ele se ergueu.

— Vou pensar nisso — disse secamente.

— Faça isso — ela disse — e se quiser sair, comporte-se diante do comitê melhor do que na última vez.

Eu estava tremendamente excitado e ansioso, desconcertado diante da falta de entusiasmo de Paul Michel. Pascale Vaury continuou.

— Mencionei sua bem-sucedida excursão no sábado passado.

Perdi o fôlego.

— Isso vai contar a seu favor.

O tumulto do Quinze Treize passara despercebido. O único mistério que ficara, como Paul Michel me assinalou prazerosamente, fôra uma carta espontânea de desculpas enviada

Alucinando Foucault   139

ao prefeito de Clermont pela gerência de Quinze Treize. Isso se tornou uma piada entre os jornalistas do jornal local até o fim da semana.

Paul Michel levantou-se, esticou-se, e bocejou na cara dela.

— E onde é que você sugere que eu vá, dra. Vaury?

Ela sorriu ironicamente.

— Onde você quiser dentro das fronteiras. Não pode deixar o país. Mas tem que decidir antes do sábado para que possamos registrá-lo na polícia e na clínica local, e mandar seus papéis por fax.

— Bem, como disse, vou pensar nisso. — Paul Michel deitou-se de novo, arrogante e reservado, despachando-a. De repente, ela se inclinou para ele e, com toda a ternura de uma mãe, deu um tapinha em seu rosto.

— Ecoute-moi. Sois sage — ela disse, girou nos calcanhares e se foi. Fiquei olhando ela se afastar. Paul Michel estava deitado olhando para as árvores, rindo de leve. Compreendi, pela primeira vez, que toda a sua rudeza com ela era uma forma de teatro. Havia confiança e cumplicidade absolutas entre eles. O hospital era o lar dele. Essas eram as únicas pessoas em quem confiava, as únicas pessoas que amava. Eu nada tinha a dizer.

Mas foi como se Paul Michel estivesse consciente do que se passara em minha cabeça. Sabia que eu estava com ciúmes, desconcertado, inseguro. Virou-se apoiado nos cotovelos e me olhou diretamente.

— Não parece muito entusiasmado, petit. É por isso que eu também não fiquei. Mas quero sair. E com você.

Uma só palavra dele e meu mundo se transformou de desapontamento em alegria. Fiquei envergonhado de ser tão dependente de alguém.

— O que foi que você fez com o comitê de consultores médicos da última vez? — Perguntei, desconfiado.

— Convidei-os para dançar, insultei-os porque não quiseram e depois comecei a dançar sozinho.

140   Patricia Duncker

— Oh, pelo amor de Deus. Eles vão deixá-lo trancado para sempre.

— Pois é — ele suspirou. — Eu queria dançar e foi isso que eles sentiram que deveriam fazer também.

Acendeu dois cigarros, me deu um e disse em seguida:

— Eu realmente não tinha aonde ir naquela época, petit.

Compreendi imediatamente que ele dissera uma coisa terrível.

— Mas seu pai ainda está vivo...

— Está com o mal de Alzheimer.

— Você não tem mais ninguém na família?

— E eles iriam querer cuidar de um romancista homossexual que abandonou a profissão? — O escárnio em sua voz era perceptível.

Respirei fundo.

— Você tem a mim.

— Sei disso.

Houve uma pausa.

— Você sabe dirigir, petit? — Ele perguntou casualmente, e aquilo passou.

— Sim.

— Entende alguma coisa de carros?

— Não muito. Um pouco.

— OK. Vou lhe dar um cheque de vinte mil francos. Vá e compre um carrinho que funcione. Aquele casal com quem você mora pode lhe dar uma mão. Vou dar alguns telefonemas e lhe digo aonde ir. Você mesmo vai ter que fazer o registro na prefeitura e o seguro. Vá na Mutuelle. São os mais baratos. Vou ver com Vaury para que ela lhe dê minha carte d'identité para que você assine todos os papéis. Pode fazer o registro em meu nome, mas faça o seguro no seu. Estou proibido de dirigir. Lembre-se apenas de dar a eles seu endereço em Clermont. Diga que está morando lá há um ano. E não mencione Sainte-Marie. Vai precisar de sua carta de motorista e de seu passaporte. Você tem? Ótimo. Vai ter de comprar o carro em dinheiro. Mas vou lhe dar uns cheques em branco para o resto. Compre um 2CV ou um Renault 4, se encontrar algum. Diga-me se precisar de mais dinheiro. Vou pensar numa lista de coisas para comprar.

A expedição começou a soar como uma campanha militar. Minha única dúvida era o comitê dos consultores médicos. De repente ficou claro para mim que ele também estava ansioso.

— Que tal se fizermos tudo isso e eles não o deixarem sair? — Perguntei.

— Não é nada demais. São três médicos. Vaury será um deles. Ela deve estar bem segura de que pode manobrar a coisa.

— Então faça como ela disse e comporte-se. Você passou muitos anos agindo como se fosse louco...

— E sendo de fato louco — Paul Michel interrompeu sinistramente.

— Bem, finja que é são.

— Como é que me apresento como se fosse são, rapaz? O que é o comportamento são? Me diga.

— Não diga nada.

— Mas eu não disse nada durante um ano. Nada. Silêncio total, e eles me trancaram na unidade de segurança.

— Um ano? Ó Deus, isto é loucura.

Ele sorriu como um bobo da corte malicioso.

— De que lado você está?

Eu o segurei pelos ombros e o sacudi.

— Do seu, filho da mãe. Do seu.

Sorri desamparado. Ele estava ansioso e com medo de que não fosse funcionar.

— Ouça. Apenas responda calmamente às perguntas deles. Querem que você saia. Já falei com a dra. Vaury. Você não é HIV positivo...

— Surpreendente.

142   Patricia Duncker

—... e você não vem se mostrando violento há muito, muito tempo.

— Se você deixar de fora nosso último sábado.

— Você foi provocado. Eu também. Ouça. Você não está sob o efeito de drogas que não pode engolir. Se dá bem comigo. Podemos conseguir pelo menos um mês. Talvez mais. Talvez dois meses. Depois suponho que terei de trazê-lo de volta para observação ou um check-up, algo assim. Mas se você passar por isso eles vão deixá-lo sair de novo.

— Você vai estar comigo quando eu for vê-los? — Ele perguntou, seu rosto composto. Meu coração sobressaltou de compaixão.

— Não posso. Sabe que não posso. Eles não deixam. Você vai ter que se virar. Seja cuidadoso. Não se precipite. Nós nos encaramos.

— Pelo amor de Deus, Paul Michel. Não, não os provoque, não os provoque.

Ele riu. E então senti que eu transpusera os muros e estava do lado da irmã Mary-Margaret e Pascale Vaury. Nossa cumplicidade agora era completa.

Se isto fosse uma ópera eu estaria executando agora a introdução ao último ato. Já revi aquele verão, aquele ano, tantas vezes em minha mente durante todos os verões desde então, que agora ele é mais do que uma memória. Tornou-se uma encruzilhada, uma advertência. Minha memória é uma cidade-fantasma, ainda cheia de calor e de cor, dominada pela voz de Paul Michel. As pessoas sempre me pedem para descrevê-lo. Digo-lhes que ele era tão brutalmente bonito quanto as velhas fotografias sugerem. Ele ficava misteriosamente parado na maior parte do tempo. Ficava sentado fumando, fixado numa pose. As pessoas reparavam nele porque já parecia uma fotografia ou uma pintura. Tinha olhos cinza-escuros, espantosamente sem paixão, frios. E costumava olhar o mundo como um alienígena numa expedição de pesquisa.

Alucinando Foucault

O mundo existia para ser observado, entendido e depois analisado. Ele estava coligindo dados. Mas não estava jogando, colocava-se fora do jogo. O que lembro, ainda mais intensamente, era sua voz e sua enorme e extraordinária risada. A maior parte das fotos mostram um homem que não sorri. É verdade, ele era assim: soturno, magnífico, o rei num exílio de sua própria escolha. Mas ficamos amigos. E ele costumava conversar comigo; em geral quando estávamos sentados um ao lado do outro, no carro, nos bares, nos jardins, no muro que dá para a praia. Sempre nos sentamos lado a lado. De modo que eu prestava mais atenção em suas mãos, no perfil de seu rosto. Mas nunca me esquecerei do timbre de sua voz e da maneira como costumava falar comigo.

Jamais saberei exatamente o que aconteceu diante do comitê dos consultores médicos. Tudo que sei é que depois ele teve um atrito com Pascale Vaury e que ela até elevou a voz no corredor. Mas decidiram deixá-lo ir. Tínhamos dois meses livres, de 9 de agosto a 4 de outubro, a semana na qual meu período letivo em Cambridge deveria começar. Passei dois dias em oficinas de automóveis, bancos e companhias de seguro. Monsieur e madame Louet me ajudaram com a papelada. Eles me deixaram usar seu telefone. Conheciam alguém que conhecia alguém que me conseguiria um carro bom de verdade, uma pechincha. Estavam ansiosos com a viagem. Eu ia viajar sem qualquer endereço, e com Paul Michel. Madame Louet estava convencida de que ele estava injustamente internado, apenas porque fôra encantador com ela ao telefone. Ela lera um de seus livros, absorvida desde a primeira página, e emergira dois dias depois, escandalizada e impressionada. Tornei-me uma figura de romance heróico na imaginação deles. Mas tiveram muita dificuldade em ajustar Paul Michel ao papel de donzela perseguida. Embora madame Louet dissesse em voz alta o que eu sempre pensara, que se ele fosse igual à figura com o casaco empoeirado, ele era mais do que bem-apessoado, era bonito.

De Paris, eu tinha escrito para a germanista. Ela me respondera com um breve postal dizendo como sua pesquisa estava avançando. Mas algo estranho aconteceu. Telefonou-me na casa dos Louet. Estava telefonando de uma cabine e por isso não lhe perguntei como obtivera o número. Gritamos um para o outro através de um golfo enorme. Vi-me dizendo mentiras.

— Estou OK. Sim... Encontrei-o. Ele é espantoso. Temos conversas extraordinárias...

Mas ela não fez perguntas. Ela ficou sem moedas e a última coisa que ouvi foi isto:

— Não esqueça. Estou do seu lado. Tome cuidado. Lembre-se do que você foi fazer aí. Lembre-se...

Depois o ruído eletrônico cortou sua voz. Fiquei gritando promessas no ar vazio.

Eu deixara de escrever para casa. Não mandara meu endereço em Clermont para eles. As cartas que meus pais haviam mandado para Paris devem ter sido devolvidas. Mandei um cartão-postal no último dia, dizendo apenas que ia viajar com um amigo e que telefonaria se decidíssemos ficar mais tempo em algum lugar. Perplexo com aquele telefonema extraordinário, comprei um cartão-postal para enviar à germanista. Selei-o. Escrevi o endereço da Maid's Causeway. Depois não sabia o que dizer. Assim, deixei-o dentro de um de meus livros, sem enviá-lo nem escrevê-lo.

Esperei por ele do lado de fora da porta do hospital às dez horas da manhã de segunda. Apareceu na hora certa, alerta, tempestuoso.

— Bem — perguntou —, aonde vamos?

— Vamos sair de férias. O que mais, seu idiota? É agosto. E seja como for, acho que você tem que dizer à dra. Vaury para onde vamos. Deixo para você decidir.

Ele soltou um grande grito.

— Sul. Sul. Vamos para o Midi. Qual é o nosso carro?

Ele se instalou no 2CV e começou a recolher a capota

Alucinando Foucault   145

com a rapidez de um especialista enquanto eu guardava as bagagens dele ao lado das minhas no porta-malas. Olhei para ele atentamente. Estava barbeado, levemente bronzeado. Tinha aumentado o peso. Era como um homem que tivesse escapado do túmulo.

O MIDI

Seguimos para o Sul numa onda de calor. Comprei vários mapas, mas não precisamos deles. Paul Michel simplesmente me dizia qual caminho tomar. Seguimos na direção da estrada principal através do desfiladeiro de Ardèche. Havia um bocado de trânsito por causa das férias e eu nunca havia dirigido na mão direita da estrada antes. E assim descemos as montanhas verdes, passamos pelas florestas de pinheiros tremeluzindo com o calor, por rochas brancas brutas, desmoronamentos, acostamentos com latas de lixo cheias, rios reduzidos a fios d'água, perseguidos por uma fila furiosa de motoristas perigosos que desejavam empurrar o 2CV e seu novato trêmulo para o desfiladeiro. Paul Michel não dava a mínima. Subia no assento e gritava ofensas através do teto solar. Ele tocou fitas de rock em seu som portátil[16]. Chegou até a jogar uma lata de Coca-Cola num Mercedes decepcionado.

Então ele disse: — Fique na faixa da direita e deixe que ultrapassem, petit. Senão vamos todos ficar cardíacos.

Passamos por Aubenas e de repente descemos a montanha até o vale do Rhône. Paramos em Montélimar para uma bebida. Minha camiseta estava ensopada de calor, suor e medo.

— Tire-a — disse Paul Michel.

Hesitei. Estávamos num quarteirão movimentado cheio de pequenos cafés. Estava quase trinta e sete graus à sombra.

— Vamos, não seja tímido.

Tirei minha camiseta, muito embaraçado. Ele me olhou

---

[16] *Ghetto blaster*, no original. Grande aparelho de som portátil, que se ouve nas ruas, geralmente com o volume muito alto. (N. do T.)

Alucinando Foucault   149

com aprovação, depois lavou minha camiseta branca já encharcada na fonte.

— Se eu fosse encantador como você, petit, — ele disse docemente — não usaria camisetas. Na verdade, não creio que fosse sequer me importar em comprá-las.

Eu me sentei, todo molhado, já refrescado, tomando um expresso e fumando, debaixo de um plátano. Paul Michel estava relaxado, à vontade. Evidentemente gostava de viajar. Compreendi então que ele havia cortado todas as raízes. Não tinha casa, nem apartamento, nem quarto. Não havia nenhum lugar onde suas coisas estivessem guardadas e à sua espera em algum ponto da cidade. Não tinha endereço. Vivia no presente. Comecei a me perguntar se era isso que ele preferia. Cochilamos na grama sombreada a maior parte da tarde. Quando passou das seis horas seguimos para o Sul, sempre para o Sul. O carrinho era uma sinfonia de chocalhos.

— Continue na estrada e vamos rodar a noite toda. Vai ter menos trânsito e vai ficar mais fresco — disse Paul Michel.

Ele ainda não dissera aonde estávamos indo.

Paramos num posto de serviço da estrada ao sul de Salonde-Provence e ele deu um telefonema. Dei uma espiada nos números iniciais 93.91... estava telefonando para Nice.

— Alain? Oui, c'est moi... Oui, comme tu dis... Evadé encore une fois... Non, j'ai la permission... suis pas si fou que ça... Ecoute, j'arrive avec mon petit gars... T'as une chambre? D'accord... On verra... Vers minuit? Ou plus tard... ça te dérange pas?.. Bien, je t'embrasse très fort... ciao[17].

— Então — eu disse, enquanto ele abria a porta do inferno de vidro —, vamos para Nice.

---

[17] "Alain? Sim, sou eu... Sim, é como você diz... Fugido mais uma vez... Não, tenho permissão... não sou tão louco assim... Escute, estou indo com meu garoto... Você tem um quarto? Certo... Veremos... Lá pela meianoite? Ou mais tarde... isso não o incomoda? Bem, um abraço apertado... Tchau." (N. do T.)

— Uns vinte e cinco quilômetros depois de Nice, meu pequeno detetive.

Ele me abraçou.

— Venha, vamos tomar uma chuveirada.

— Uma chuveirada?

Na verdade, as estradas estavam tão quentes e congestionadas que as pessoas tinham apagado dentro dos carros. Em todos os postos de serviço havia chuveiros do lado de fora; um jato agradável, frio, vindo de canos concentrados numa enorme área pavimentada. Algumas pessoas dançavam sob o jato usando trajes de banho, algumas completamente nuas, algumas completamente vestidas. Paul Michel tirou seu relógio e guardou calmamente sua mochila e a minha no porta-malas do carro, tirou suas espadrilles e caminhou para o jato. Eram oito horas da noite. Ainda fazia trinta e cinco graus. Fiquei hesitando ali na beira, sentindo os primeiros pingos agradáveis molhando meu braço. Paul Michel juntara-se a um bando de italianos que gritavam e dançavam, e convidou uma das garotas mais jovens, uma criança magricela de cerca de catorze anos, cujas tranças pretas e molhadas balançavam atrás de seu vestido, para dançar. A família inteira batia palmas e gritava enquanto eles valsavam ao longo das pedras do aguaceiro, rindo, rindo.

Quando fecho meus olhos vejo de novo esta imagem. Vejo como ele mudara, como fazia amizade facilmente com outras pessoas, como cada momento, desde sua saída, se transformava em festa, em dança. Não era fácil conhecê-lo. Era difícil julgá-lo. Era um bloco de planícies abertas e espaços fechados. No início, dia após dia, nos jardins do hospital, eu me dirigira a ele com medo de seus humores, de seus súbitos retraimentos, de sua violência potencial. Agora eu o via transformado. Não aparentava mais sua idade. Estava presente, junto a mim, consciente de minha presença, cada momento que passávamos juntos. Ele me dava toda sua atenção. A atenção é uma espécie de paixão. Eu não estava mais possuído pela minha missão impossível: resgatar Paul Michel. Não precisava

Alucinando Foucault

mais ser paciente, esperar, dar. Naquela viagem para o Sul ele passou a me enxergar.

Agora estavam dançando, ora em anel, ora em serpente, puxando todo mundo ali presente até o chuveiro, dois rapazes nus, uma velha gorda usando um turbante, um homem com os óculos pendendo do nariz e agora escorrendo água. Paul Michel estendeu as mãos e me puxou para baixo daquele maravilhoso jato frio, para dentro da dança. Os carros diminuíam a marcha ao lado do canteiro com a grama queimada. As pessoas se reuniam para observar e o círculo se ampliava enquanto gritávamos, batíamos palmas e dançávamos na luz alaranjada, transformando o mundo em ouro.

Já eram quase duas horas da manhã quando saltamos em frente aos grandes portões brancos do Studio Bear. Fôra um dos mais avançados estúdios de gravação da Europa. Ali o Pink Floyd tinha gravado *The Wall*, embora Alain Legras tenha me dito depois que, na verdade, eles gravaram a música na casinha de concreto em forma de cogumelo onde ficava a unidade de cloração da piscina, porque a acústica era melhor. Paul Michel disse que ele deveria colocar uma placa na porta e fazer um roteiro de visita com guia para turistas. O estúdio pegara fogo durante os grandes incêndios de 1986. Alain Legras e sua esposa, que eram donos de um restaurante em Mônaco, compraram o lugar e empreenderam sua colossal restauração, a interminável reconstrução do prédio, dos telhados, dos azulejos e a nova pintura. Os grandes espaços oblongos, as galerias e os corredores continuavam inacabados.

Eu estava tão exausto que mal conseguia falar. Quando os portões se abriram, fui esmagado por um gigantesco sheepdog preto chamado Baloo que tinha caninos amarelos cheios de baba e era incontrolavelmente afetuoso. Paul Michel despejou uma garrafa de Badoit em minha garganta e me botou na cama, num quarto enorme com varanda. Eu o ouvi fechando as venezianas, mas já estava quase dormindo.

Quando acordei, o ar no quarto já estava tépido, um vento quente balançava as cortinas brancas, mas as venezianas ainda estavam fechadas. Paul Michel devia ter dormido a meu lado, pois vi seu relógio na mesa do outro lado da cama larga. Mas eu estava sozinho. Podia ouvir vozes bem distantes. Rolei pegando os dois lençóis para mim e dei uma espiada no relógio. Era meio-dia. Me senti como se tivesse sido drogado. Levantei e saí à procura do chuveiro. As pilhas de meu barbeador tinham terminado. Eu estava completamente nu, cercado por uma triste pilha de roupa suja, quando Paul Michel entrou sem bater. Parecia uma pantera recém-escovada, molhado, lustroso e cintilante. Tirou o barbeador de minhas mãos e me beijou de leve no nariz.

— Bonjour, petit. Este aqui acabou. Use um de plástico do meu pacote. Depois desça e venha conhecer Alain e Marie-France. Você provavelmente nem sabe onde está. Obrigado por ter dirigido. Você é um herói.

Era a primeira vez que ele me agradecia alguma coisa.

Estávamos no alto das montanhas logo atrás de Nice. Da varanda eu podia ver os vales à margem dos Alpes dobrados numa seqüência de precipícios áridos. Quando se olhava minuciosamente percebiam-se marcas de terraplanagem por todo o caminho até as colinas mais baixas. As casas dependuravam-se de lugares inacreditavelmente perpendiculares. Havia uma fábrica cinzenta de cimento lá longe, na estreita fenda no fundo das concavidades, encimada por uma nuvem de poeira. Todo o sentido de distância estava barrado pela claridade branca e opaca que nos rodeava. Os pinheiros já tinham um cheiro picante no calor. Vi Baloo espreguiçando-se embaixo, no terraço, com suas pernas estiradas sobre os ladrilhos.

Eu não me sentia como um convidado numa casa onde todo mundo já se conhece, pois Paul Michel também nunca se encontrara antes com Marie-France. Ele conhecia Alain há vinte e cinco anos, mas Alain se casara durante a internação de Paul Michel no hospício. Gostei do jeito dela. Era alta, vigorosa, com cerca de quarenta anos, mas informal e despretensiosa. Não usava maquiagem e amarrava o cabelo louro já grisalho num enorme turbante. Ela fumava sem parar e caminhava por ali carregando coisas como se não estivesse muito certa de onde as colocar. Eram obviamente pessoas ricas. O estúdio se tornara agora um espaço gigantesco, impossível de aquecer, com enormes lareiras, grandes cactos em vasos, uma mesa de jantar senhorial e quatro metros de pinturas abstratas em vívidos vermelhos, azuis e verdes, tudo cores primárias, ornando as paredes. Entendi logo que as pinturas eram dela.

— Você é pintora? — Perguntei.

— Sim — ela disse vagamente —, na maior parte do tempo.

Ela tinha um filho do casamento anterior cujo carro acabara de ser roubado. Assim houve uma longa seqüência de telefonemas para ele e para a polícia enquanto estávamos sentados sob os guarda-sóis atacando o café e o brioche. Marie-France caminhava à nossa volta carregando o telefone e dizendo ocasionalmente como estava encantada em nos ver e como estava preocupada com o carro roubado.

— Você não pode deixar nada de valor no Citroën se você for à cidade — ela me disse —, nada. Nem mesmo um frasco de bronzeador. Não sei por que ficou assim tão ruim. Você quer nadar? Já conferi o termômetro na piscina. Está a vinte e sete graus. Pode levar o colchão, se quiser. Já o deixei cheio. Pizza para o almoço está bom? Oh, mas vocês acabaram de tomar o café da manhã...

Até hoje, quando fecho os olhos, posso ver aquele terraço, o aço industrial cintilante da cozinha por trás dela, o calor branco logo adiante da linha pronunciada da sombra ao longo dos azulejos coloridos. Sinto o cheiro dos pinheiros. Vejo os dedos nus de Paul Michel dobrando-se sobre o muro, tocando os arbustos de alfazema e ouço Marie-France falando calmamente, sobre nada em particular. Era como se nós sempre tivéssemos vivido ali.

Compartilhávamos a mesma cama toda noite. Paul Michel botou as cartas na mesa de vez, sem hesitação ou embaraço.

— Ouça, petit. Sexo não é um problema para nós. Em geral não durmo com meus amigos. Não geralmente. Por isso não tenha medo de mim. E venha para a cama. Mas desde seu primeiro beijo na briga do Quinze Treize aquilo se tornara um problema em minha mente. Estava aliviado e desapontado. Deixei que ambas as emoções aparecessem. Sentei-me na cama de costas para ele, meus cotovelos sobre os joelhos e fiquei olhando com tristeza para os mosquitos hostis circulando sobre a lâmpada.

— Eu não tenho opinião?

Paul Michel caiu na gargalhada.

— Tiens! Nunca vi um caso mais claro de virgindade desapontada. Venha cá.

Eu me virei, indignado. Ele abriu seus braços.

Estava acostumado ao cheiro de seu corpo; grama quente, cigarros, cloro da piscina, mas não ao peso nem à força dele. Estava tão magro da primeira vez em que o vi: frágil, a pele descascada, a cara branca, com a barba por fazer, igual a um fantasma. Agora estava mais pesado, bronzeado, com toda sua potência sexual voltando. Ele me segurou pelos ombros, ainda rindo, e me jogou estatelado de costas na cama. Depois me imobilizou com todo seu corpo, emperrando seu joelho direito entre minhas pernas.

— Renda-se — disse Paul Michel, balançando o corpo de tanto rir.

Sorrindo, recuou um pouco o rosto apenas a uma polegada do meu. Em seguida deteve-se por um segundo, atento como um gato. Beijou-me cuidadosa, suavemente.

— Você nunca...?

— Não, desde a escola. E lá não foi assim...

— Ah, masturbação no chuveiro?

— Um pouco...

Alucinando Foucault

Desabotoou minha braguilha e puxou com tanta força a fivela do meu cinto que ele bateu na minha barriga.

— Tem alguma cicatriz? Alguma tatuagem? — Sorria maliciosamente, como um duende oferecendo fruta envenenada.

— Acho que não...

Ele segurou meu saco em sua mão direita em concha. Minha cabeça ficou vazia.

— Você se lembraria de uma tatuagem, petit.

Paul Michel continuava absolutamente prático, extremamente calmo.

— Não vou comer você por que não tenho camisinha. Você estava desmaiado quando os garotões te enrabaram na escola?

Eu submergi nos braços dele, cada nervo alerta com terror.

— Não que eu me lembre.

Minha voz veio de muito longe, irreconhecível. Senti o hálito do riso dele no meu ouvido.

— Se tivessem conseguido, você se lembraria também, meu amor.

Fui tomado por uma sensação terrível de urgência. Paul Michel agia devagar. Conversava comigo tranqüilamente. Não tinha idéia do que ele estava dizendo. Parei de compreender qualquer coisa, a não ser suas mãos sobre meu corpo. Depois perdi o controle. Senti que me precipitava num túnel sem fim. Ouvi a voz de Paul Michel chegando a mim como se estivesse caindo.

— Firme, petit, firme, respire.

Senti suas mãos nas minhas costas. Eu estava à beira de um precipício. Eu ainda podia ver o quarto, cheirar a noite quente, sentir a respiração dele contra meu rosto. Então tudo se dissipou quando me senti contra seu ventre nu. Ele me envolveu com toda a ternura de um quebra-mar de concreto. Cheguei ao outro lado, zonzo, aterrorizado e totalmente satisfeito.

Quando olhei para o rosto dele, vi que ainda estava rindo.

— Aí está — ele disse —, devíamos ter feito isso há semanas. Mas Pascale Vaury teria nos prendido.

Tiramos tudo que ainda estávamos vestindo e apagamos a luz. Ele puxou o lençol até meus ouvidos e perguntou se eu tinha ligado o dispositivo elétrico para matar os mosquitos. Eu me senti ofendido.

— Como é que você pode pensar numa coisa dessas?

Seu riso juntou-se ao calor da noite.

— OK. Mas não venha me culpar se sua beleza ficar marcada pelo inchaço de uma porção de mordidas vermelhas.

Tomou-me em seus braços, inclinando-se e colocando todo seu peso sobre mim. Depois disse:

— Você cuida dos mosquitos e eu vou comprar as camisinhas. Vocês, ingleses, são surpreendentes. Demoram um tempão para chegar lá, mas, quando chegam, caem de cabeça.

Eu estava com medo de que algo pudesse mudar entre nós. Estava aterrorizado pelo medo de perdê-lo. Agarrei-me a ele naquela noite como se estivesse me afogando.

Ele tirava tanto prazer de coisas nas quais ninguém jamais repararia. Quando subíamos os infinitos degraus de pedra para o bar na praça, encostou-se de repente a uma porta destruída e começou a rir e a rir. Segui seu olhar e vi alguma música escrita nos azulejos vitrificados ao lado de um corredor cor-de-rosa.

Aquilo não me dizia nada.

— Vamos, cante isso, petit — ele pediu, abraçando-me.

Decifrei lentamente a música da parede. DO—MI—SI—LA—DO—RE. Ainda não fazia sentido.

— Domicile adoré, domicílio adorado, bobinho — ele traduziu. — Perfeito. Kitsch perfeito. Sendo eu um SDF, aprecio a domesticidade desinibida das outras pessoas.

— O que é um SDF?

— Sans domicile fixe, sem domicílio fixo, ele riu. Os semteto de vocês.

— Enquanto eu tiver um lar você terá um — disparei impetuosamente. Eu detestava sua suposição de que ele estava fora de qualquer das estruturas que nos prendem, todos, na vida. Ele me abraçou.

— Gosto de vocês, ingleses. Vocês são tão inesperadamente românticos. Sabia disso, petit?

— Não seja condescendente — retaliei.

— Por Deus. Ficou agressivo — disse Paul Michel amistosamente. — Pegue um de meus cigarros. É um grande prazer não sofrer mais racionamento.

Enquanto escalávamos colina acima, sempre acima, no ar fresco do dia, sentimos que estávamos sendo observados por mulheres escondidas atrás dos postigos e por um gato preto com olhos dourados, do alto de uma alcova. Alguém tinha decorado as janelas com estátuas eróticas e sem graça de ninfas, que não conseguiam cobrir seus genitais com dedos separados. Diante desta pornografia tridimensional em pedra alaranjada havia uma torrente de gerânios em canteiros.

Paul Michel parou para enrolar guirlandas de flores vermelhas e verdes em torno das mulheres, escondendo seus seios e coxas na folhagem. Fiquei estarrecido de ver como ele ousava interferir nas jardineiras dos outros.

— Venha cá. Não... Por favor... Vamos ser presos.

Ele vinha atrás de mim com passadas largas, subindo dois degraus de cada vez.

— Sempre cubro as mulheres, petit. Mas passo horas arrancando as folhinhas de cima de um Hércules.

— Nunca me peça para levá-lo a um museu. Você provavelmente molestaria todas as estátuas.

Ele riu e pegou um pedaço de carvão que estava pingando sob a porta de um porão. Antes que eu pudesse fazê-lo parar, escrevera triunfantemente na parede.

VIVE MOI

Eu concordava plenamente com o sentimento expresso; não tinha nenhuma objeção a fazer. Ele sempre sabia que direção tomar. Suponho que ainda que os edifícios, caminhos e lojas mudem de fisionomia, continuam a ser apenas a superfície das coisas. As paisagens não mudam. No fim de agosto o calor estranho, nada natural, começou a aumentar. Muitos dos que estavam de férias voltaram para casa. Paul Michel me levou a uma praia no lado leste da cidade. Ficava quase escondida pelo porto. Havia vários vagabundos vivendo nas escadarias acima do porto. Nunca pediram dinheiro. Pareciam estar confortavelmente instalados num monte de trapos e caixas de papelão que pareciam um abrigo de brinquedo. Paul Michel passou pelo meio deles, sem hesitar. Não havia sinalização para indicar que a praia ficava por ali. Era preciso subir no quebra-mar, e só daí se conseguia ver os degraus, a faixa estreita de areia branca limpa e as grandes pedras lá embaixo. Bem em cima da praia, fincado entre as pedras do alto, havia um pequeno café, tábuas descoradas de madeira equilibradas em enormes barris de alcatrão sobre o mar. Os preços eram acessíveis. Foi a primeira vez que pedi cerveja sem remorsos durante todas as semanas que passamos no Midi, embora eu já tivesse deixado de pagar por qualquer outra coisa substancial. Tivemos uma discussão no carro. Paul Michel derrubou todas as minhas objeções.

— Escute, petit, não gasto dinheiro nenhum há quase dez anos. Você é um estudante pobre. Eu sou um príncipe rico. Por que não relaxa e me deixa assinar os cheques? Estou lhe devendo todos aqueles bolos e cigarros que você me levou no hospital.

Alucinando Foucault

Eu desisti. No fim sempre desistia.

Era a primeira semana de setembro e o calor nos envolvia numa imensa bolha úmida de ar quente. Íamos à praia todo dia e passávamos nosso tempo nadando, cochilando deitados na areia ou no café sem fazer nada. Reparei que ele estava cagando para o que os outros pensavam. Ele podia andar pelo passeio me abraçando, beijar-me quando quisesse, passar o tempo me observando atentamente como se desejasse se lembrar de cada músculo e de cada osso.

Fui eu quem fiz as primeiras perguntas. Estávamos sentados com nossos pés sobre a balaustrada, olhando para as ondas e para os windsurfistas manobrando em ângulos aterradores. Fui muito abrupto. Eu não soube como começar gentilmente.

— O que vai acontecer no fim do verão? Preciso levá-lo de volta. Mas vão deixá-lo sair de novo. Tenho certeza. O que deveríamos fazer?

Paul Michel me fitou por alguns instantes. Mas ele estava usando óculos escuros, por isso não pude ver seus olhos.

— Isto ainda está longe, petit.

— Três semanas.

— É como eu disse. Está longe.

— Não está, não.

Ele deu de ombros. Depois disse:

— O que você quer que eu faça? Não há futuro. Você está tentando viver algo que não existe.

— Mas temos de ter alguma idéia. Fazer algum tipo de plano — insisti.

Ele voltou o rosto para me encarar, mas não tirou os óculos. Segurou minha mão entre as suas.

— Sois raisonnable, mon amour. Você tem um doutorado para escrever. Eu desejo ser transformado num monumento de autoridade acadêmica e você assumiu a tarefa.

Ele sorriu de novo.

— Assim... você me levará de novo aos amáveis cuidados de Pascale Vaury e sua coorte de sádicos. Depois vai voltar para a Inglaterra, marchando com precisão militar, e retomar seus estudos. Você irá me escrever toda vez que sua agenda permitir, em geral questões acadêmicas sobre meus textos. Está claro?

Perdi a calma.

— Não. Não está claro. Não vou deixar de modo algum que você seja trancado de novo naquele inferno. Você será aprovado pelo comitê médico e depois voltaremos para Paris. Encontraremos algum lugar onde viver. Eu consigo um emprego ou algo assim. Você tem que começar a escrever de novo.

Ele soltou uma gargalhada selvagem e largou minhas mãos.

— Ah, muito bem, nesse caso... — Acendeu um cigarro.

— Meu Deus, petit, você devia estar cavalgando um cavalo branco e empunhando um estandarte. Está levando seu papel de salvador a sério demais.

Eu me levantei e o deixei ali no café. Não queria que visse que eu estava chorando de raiva, frustração e dor. Ele me deixou sozinho na praia durante mais ou menos uma hora. Depois desceu e esfregou areia molhada em minhas costas. Eu não o ouvira se aproximar.

— Ouça, petit — ele disse suavemente —, você tem vinte e dois anos e está muito apaixonado. Eu tenho quarenta e seis e sou um lunático de carteirinha. Você parece ser mais insano do que eu.

Não pude evitar. Ri.

— Prefiro ser insano à minha maneira do que à sua — eu disse. Ele ainda estava de óculos escuros. Eu não podia ver seus olhos.

— Você não tem nenhum respeito — ele disse calmamente. — Vamos. Vamos entrar no mar de novo antes de irmos para casa.

Naquela noite, quando jantávamos no terraço, o calor aumentou como uma mão tampando minha boca. Marie-France escutara as notícias metereológicas. Estávamos espe-

Alucinando Foucault   161

rando uma tempestade. De fato nós a vimos chegar. Uma imensa massa escura apareceu no vale além da cidade. A luz ficou violeta, lúgubre. Era como se fôssemos colocados de repente num palco, com as luzes arrumadas para o último ato. Podíamos cheirar a ameaça vaporosa de água no ar úmido.

— Fechem todas as janelas, as venezianas também — gritou Marie-France, tirando uma seqüência aleatória de objetos da mesa. Corremos em volta do Studio Bear, fechando todas as janelas.

Eu acabara de chegar ao nosso quarto quando a primeira pancada de vento arrancou a veneziana de minhas mãos, arremessando-a contra a parede da casa com um baque. Vi Alain Legras lutando contra os guardas-sóis na piscina. O ar estava carregado, apocalíptico. Eu tinha acabado de controlar as venezianas quando uma trovoada rebentou sobre nós. Os copos na mesa de cabeceira retiniram uns contra os outros e todas as luzes se apagaram. Fiquei completamente desorientado pela súbita irrupção da tempestade e permaneci ali estupidamente, segurando o cordão branco das cortinas esvoaçantes. Paul Michel apareceu na porta, segurando o isqueiro aceso.

— Venha para baixo, petit — ele disse suavemente. — Temos velas. Você tem medo de tempestades?

— Não. Não particularmente.

Mas eu jamais vira uma tempestade como aquela. Sentamo-nos em volta de três velas na mesa da cozinha em meio a um crescendo de trovões. A iluminação tornava cada objeto à nossa volta repentinamente luminoso e sinistro. Alain Legras pegou uma garrafa de eau de vie para nos dar coragem. Depois, aterradoramente próximo, o raio longo e serrilhado de um relâmpago cortou o vale pela metade. Todos nós gritamos ao toque de sua força, como se milhares de volts penetrassem a terra. E então veio a chuva.

Em segundos o terraço ficou inundado, a água escorria das calhas, sulcos se formaram no jardim, todas as raízes da plantação de íris de Marie-France estavam a descoberto, nuas

162   Patricia Duncker

e expostas enquanto a terra era lavada numa torrente de lama. Vimos galhos arrancados das árvores, ouvimos algo caindo na piscina. Baloo, deitado junto à soleira, levantou a cabeça e começou a latir. Ficamos preocupados com os carros, estacionados num acostamento debaixo de uma castanheira em frente aos portões. Alain desligou a televisão e o vídeo, caso o raio atingisse a casa. Paul Michel sentou-se fumando calmamente, segurando minha mão. Ele via o mundo como via a tempestade, observador, indiferente; o olhar frio que agora eu temia.

Demorou mais de uma hora até que a tempestade passasse, rumando para o interior, deixando-nos sem luz elétrica na escuridão gotejante. Alain e eu colocamos casacos com capuz e capas de borracha e fomos até a rua para ver o que acontecera com os carros. Havia muitos galhos espalhados pelos degraus e redemoinhos de água nos buracos da estrada. Os carros ainda estavam lá, aparentemente intocados. Tínhamos deixado uma janela do Citroën aberta e os assentos ficaram ensopados. Havia uma poça d'água no chão. Mais tarde, soubemos que três pessoas tinham morrido num acampamento perto de Cagnes-sur-Mer e que vários reboques tinham sido levados pela enxurrada. Danos mais sérios ocorreram numa cidade no Var, onde uma das pontes foi destruída pela torrente e todas as casas da rua principal foram invadidas pela lama. A antiga ponte romana com seu elegante arco e sua alvenaria havia resistido, e ainda estava ali escanchada no meio da caudalosa corrente marrom do rio. Cerca de oito pessoas tinham sido dadas como mortas e muitas outras que estavam de férias na área do acampamento local ainda não haviam sido encontradas. Na televisão havia imagens aflitivas da destruição. A área foi declarada de calamidade pública. Tínhamos escapado por pouco.

Mas o efeito da tempestade foi transformar a estação. Agora era irremediavelmente setembro. Ainda fomos à praia, mas voltávamos para casa bem cedo durante a tarde. E algo

Alucinando Foucault

mudara de novo entre nós. Paul Michel começava a falar comigo de uma maneira como jamais fizera antes. Era como se tivesse tomado uma decisão. Não iria mais se esconder sob sua máscara de cinismo. Estávamos sentados um ao lado do outro no café da praia, olhando para o mar. Foi no dia vinte e seis de setembro.

— Você me perguntou sobre Foucault, petit. E nunca lhe dei uma resposta.

Ele fez uma pausa. Prendi minha respiração, esperando uma nova explosão.

— Preciso explicar. Eu o conheci, talvez melhor do que muitas pessoas. Nós nos encontramos uma vez. Mas foi a única. Foi durante uma rebelião estudantil na Universidade de Vincennes, onde ele ensinava filosofia. Nunca soube quem eu era. Ninguém ligava para nomes e títulos naquela época. Era difícil dizer quem era estudante e quem era professor, se eles estivessem do seu lado. Eu já tinha publicado *La fuite*. E ele foi a primeira pessoa a comentar minha obra cuja opinião eu considerava. É raro encontrar um outro homem cuja mente opere com os mesmos códigos, cuja obra é tão anônima, ainda que pessoal e lúcida como a sua. Especialmente um contemporâneo. É mais comum encontrar o eco de sua própria voz no passado. Você está sempre ouvindo, eu acho, quando escreve, uma voz que responde. Por mais oblíqua que a resposta possa ser. Foucault nunca tentou entrar em contato comigo. Ele fez algo mais assustador, provocador, profundo. Ele me respondeu em suas obras publicadas. Muitas pessoas observaram que nossos temas são perturbadoramente semelhantes, nossos estilos de escrever completamente diferentes. Lemos um ao outro com a paixão de amantes. Depois começamos a escrever um para o outro, texto a texto. Fui a todas as suas conferências públicas no Collège de France. Ele me viu lá. Não fez nenhum sinal. Ele estava ensinando na Califórnia quando fui para a América, para o lançamento de *Midi*. Fui a seus seminários. Havia mais de cento e setenta pessoas ali.

Uma vez cheguei um pouco atrasado. Ele estava de pé no tablado, silencioso, olhando suas notas, enquanto eu me juntava à multidão que estava no fundo da sala. Ele levantou a vista e olhamos um para o outro. Então começou a falar. Nunca me reconheceu. Sempre sabia quando eu estava lá.

— Nossos caminhos se cruzaram freqüentemente em Paris. Éramos constantemente convidados para os mesmos eventos. Íamos aos mesmos clubes, aos mesmos lugares. Cada um de nós ignorava a presença do outro. Fazíamos isso com muito cuidado. Uma vez, por acaso, íamos ser entrevistados juntos para um programa sobre escrita e homossexualidade na cultura francesa. Ambos recusamos, dando o mesmo motivo: que ficaríamos felizes em sermos entrevistados sozinhos, mas não queríamos entrar em discussão um com o outro. Ele soube de minha recusa e parece que riu muito. Seu riso era famoso. A decisão que tomamos, de escrever para e por causa do outro, era íntima e terrível. Era um segredo que jamais poderia ser compartilhado. Foi um estranho gesto oculto de consentimento mútuo. As disputas que tínhamos eram oblíquas, sutis, contorcidas. Mas nem por isso menos apaixonadas. Sua história da sexualidade foi um desafio para mim, um primeiro abalo. *L'évadé* devia ser o primeiro romance de uma trilogia, um novo ponto de partida para mim. Como ele se aproximasse de minha austeridade, de minha abstração, eu me voltei para uma escrita menos perfeita. Comecei a busca de um estilo brutal, agressivo, contra a serenidade. Eu estava afiando meu novo conjunto de demandas sobre ele, sobre mim mesmo.

— Ele era o leitor para quem eu escrevia.

Paul Michel olhou para o vazio azul. Ouvi um grito alegre lá embaixo na praia. Paul Michel falou de novo.

— Ele guardou o segredo. Nunca me traiu.

Eu não conseguia mais me conter.

— Mas não era um segredo. Qualquer um pode ver. Tudo que é necessário é ler vocês dois. Lado a lado, página após página.

Alucinando Foucault

— Eu sei. Esta é a piada. Eles falam de influência, linhas, preocupações. Não sabem nada sobre o pacto silencioso. Isso era absolutamente claro entre nós. Um sabia o segredo do outro, as fraquezas e os medos, petit. As coisas que ficavam escondidas do mundo. Ele queria escrever ficção. Queixava-se de que não era bonito. De que os rapazes não vinham até ele, não o cortejavam. Eu vivi esta vida por ele, a vida que ele invejara e desejara. Eu não tinha autoridade, nem posição. Era apenas um rapaz inteligente e carismático com o grande talento de contar histórias. Ele sempre foi mais famoso do que eu. Era um monumento cultural francês. Eu nunca fui respeitável. Mas escrevi para ele, petit, só para ele. O amor entre um escritor e um leitor não é nunca celebrado. Não se pode provar que existe. Ele era o leitor para quem eu escrevia.

Fiquei calado. Nunca lhe disse que eu lera suas cartas para Foucault. Acho que ele sabia que eu o fizera.

A última vez que fomos à praia foi no dia 13 de setembro. Decidimos viajar para o Norte naquela sexta-feira e ir devagar, parando em Avignon ou Orange para chegarmos a Clermont na sexta à noite. Decidi que iria lutar o próximo round em Sainte-Marie mesmo. Tomei minha decisão, mas não disse nada a ele. Eu não tinha mais dúvidas de que não retornaria à Inglaterra. Nada em todo o mundo me importava mais do que Paul Michel. Isso nunca mudou. Posso me lembrar de como fui ingênuo, confiante. Eu tinha vencido todas as batalhas passadas para encontrá-lo, para libertá-lo. Também venceria a próxima. E a próxima. Mas eu jamais previra o que ele ainda tinha a me dizer. Ele foi particularmente gentil comigo naquele dia. Eu me virava para vê-lo e encontrava seus olhos cinzentos fixados em mim, não mais escondidos ou cautelosos. Não havia mais disfarce, nem fingimento. Ele estava imprudente com seu amor, indiscreto com seu desejo. Eu sei que estava me dizendo a verdade então, toda a verdade.

Estendi os pé sobre o parapeito e fiquei olhando a areia

escapar por um buraco no dedo do meu tênis. Estava atento ao braço agora bronzeado de Paul Michel, balançando as costas de minha cadeira. Observávamos os windsurfistas cortando as ondações vagarosas no vento quente. Era o fim de tarde e a praia começara a se encher com um bando de trabalhadores. Alguns chegavam usando suas roupas de trabalho, descendo os degraus com sacolas plásticas e sapatos. Pela primeira vez, reparei que os imensos blocos de concreto protegendo a entrada do porto eram todos modelados como caixões. A marca da cruz com uma tinta preta desbotada, erodida, aparecia em todos eles. Mas eram gigantescos, com cerca de quatro metros e quase dois metros de largura, um estranho *memento mori* convertido num quebra-mar. Mostrei-os a Paul Michel. Ele fez um sinal afirmativo com a cabeça.

— Estão aí há anos, petit. O bar do porto está construído sobre uma base de rocha natural que os caixões reforçam. Se você subir por trás deles, há um caminho que desce até uma plataforma nas pedras, onde há uma maravilhosa seqüência de piscinas. Eu costumava ir lá tomar sol.

Voltei a olhar para ele, com os olhos semicerrados na luminosidade.

— Então conhece a praia? Não pensei que você tivesse vindo aqui antes.

Ele deu um leve sorriso.

— Você está pegando uma cor maravilhosa. — Ele deu um tapa afetuoso nas minhas costas. — Parece uma mesa de nogueira polida. Eu também. Você pode me vender como uma antigüidade restaurada.

Observávamos algumas crianças lá embaixo colocando areia nas garrafas e depois empurrando-as para o mar.

— Alguma mensagem nas garrafas? — Paul Michel perguntou.

— Não creio.

— Porque, se houver, você deve correr até lá e pegá-las. Esta é minha maneira de escrever. Mensagens em garrafas.

Alucinando Foucault   167

— E não tem mais mensagens para enviar?

— Não.

Fiquei calado por um instante. Em seguida ele prosseguiu como se eu tivesse falado, perguntando e respondendo a si mesmo.

— E o que resta para um romancista fazer quando já enviou todas as suas mensagens?... Rien que mourir.

Eu me ergui com raiva.

— Gostaria que você não ficasse falando merda desse jeito. Isso me irrita. Você não é louco. Nem está condenado. Você está melhorando. Está bem. Irá escrever de novo. Até melhor.

Ele olhou para mim, distante, divertido. Me senti como um touro olhando para a lança pontuda nas mãos do toureiro.

— Você já amou uma mulher, petit?

Fui apanhado com a guarda baixa, e como sempre, fugi da pergunta e de dizer a verdade.

— Nunca amei um homem antes. Até que li você.

Ele sorriu diante da estranheza do verbo no contexto de nossa conversa.

— Não? Bem... estou lisonjeado. Deixe-me contar uma coisa que me aconteceu. Nunca deixou de me perseguir. Foi há quinze anos. Em agosto, mais ou menos na mesma época em que eu e você viemos para o Midi. As praias da frente estavam tão cheias que fui procurar algum lugar mais tranqüilo para ficar ruminando e nadar. Encontrei uma faixa vazia de pedra quente bem longe de todo mundo. Lá embaixo, além do quebra-mar de caixão. Era árida, vazia, uma série de pedras abruptas e piscinas. Ficava tomando notas, e dormia na parte mais quente do dia. Sempre viajei sozinho, vivi sozinho. Nunca dividi um quarto com ninguém, desde minha infância. Às vezes é estranho ouvir você respirando à noite, quando não durmo. Você me restitui o gosto de minha infância, petit. Escolhi a solidão e as dimensões mais profundas desta escolha, que são inevitáveis e necessárias. Condenei a mim

168   Patricia Duncker

mesmo ao isolamento e à solidão. Era a única maneira que podia funcionar, era minha maneira de me defender. Eu costumava escrever em silêncio completo. Eu costumava passar o tempo ouvindo o silêncio.

— Mesmo aqui no Midi passava os dias sozinho. Mas só passara um dia meditando, como Prometeu acorrentado à rocha, quando meu refúgio foi violado. Ao chegar de manhã cedo encontrei um menino, pálido, magricela, de cabelos cacheados, usando apenas um jeans cortado como um short, investigando as piscinas de pedra. Olhamos um para o outro, ambos claramente ressentidos. Ele já reivindicara o banco de pedra como seu reino e organizara um padrão de armadilhas nas piscinas, todas elas vazias, a não ser pelas algas. Nós recolocamos as redes e fiz algumas sugestões. Ele tinha olhos grandes, um olhar de coruja. Fiquei fascinado com a intensidade dessa criança, com seu francês claudicante e seu destemor completo, intrigante.

— Uma estranha amizade brotou entre nós. Ele passava a manhã brincando nas pedras ou mergulhando atrás de objetos. Trazia-me tudo quanto encontrava. Por volta de uma hora ele desaparecia à procura de seu pai, mas voltava mais tarde para examinar suas armadilhas. Gosto da honestidade, da engenhosidade das crianças. Ele me disse que tinha quase onze anos, aquela época inquieta de questionamento, de despertar. Perguntou-me o que eu estava escrevendo e leu frases inteiras em meu caderno de anotações, com extraordinária concentração, procurando seus significados. Lembro-me dele dizendo o quanto gostava de ler. Tudo que lera soava adulto demais para sua idade; textos estranhos, impróprios, Zola, Flaubert, T.E. Lawrence, Oscar Wilde. Ficou contente que tivéssemos lido as mesmas coisas. Perguntei-lhe qual a obra que mais gostava entre as que lera de Oscar Wilde. Sem hesitar, respondeu: *O retrato de Dorian Gray*. Depois me olhou desconfiado. "Nem todo mundo que é bonito é honesto."

Alucinando Foucault

— Fiz força para me manter sério. Seria prova de minha desonestidade se eu tivesse rido.

— Mas perguntei quem lhe dera todos aqueles livros. Descobri que não tinha mãe e que seu pai nunca comprara qualquer livro para crianças. Simplesmente o deixava remexer à vontade em suas estantes.

— Ele nunca me disse seu nome. Nem perguntou o meu.

— Comecei a ficar esperando que ele já estivesse lá quando eu subia nas pedras de manhã.

— Ele me perguntou por que eu estava sempre sozinho. Disse-lhe que era escritor. E que a maior parte dos escritores trabalhava sozinho. Perguntou se eu era um escritor famoso. Disse que era bastante famoso e que ganhara o Prix Goncourt. Ele me perguntou se era um prêmio muito importante e se eu tinha uma grande casa com jardins. Disse-lhe que alugava o que costumava ser um quarto de empregado no sótão de um hotel. E me lembro da maneira como ele torceu o nariz diante disso. Perguntou-me por que eu vivia como um eremita empobrecido quando na verdade era rico. Compreendi então que eu assumira todos os clichês da austeridade.

— E me lembro de sua resposta. Ele disse: "Por que viver com o mínimo necessário? Por que viver com tão pouco? Se eu fosse você ia querer tudo. Não ficaria satisfeito com tão pouco".

— E me lembro de como isto soou estranho, vindo da tranqüilidade daquele rosto inocente, ossudo, o sal grudado em seus cachos curtos e molhados. E eu ri e falei: "Você quer dizer que eu devia ter uma mansão, carro, uma esposa e filhos?".

— Seu rosto se anuviou e envelheceu de desprezo. Ele assumiu o aspecto de um anão e respondeu com uma seriedade terrível, devastadora. "Não, não quero dizer isso. Qualquer um pode ter essas coisas. Você devia querer... tudo isso. Tudo isso." E estendeu seu braço, já vermelho de sol, muito acima de sua cabeça, indicando o azul ilimitado, erguido em cúpula acima de nós, a linha sempre em fuga do mar, alongando-se até a África.

— Eu fiquei olhando e ri. Ele balançou seu dedo para mim como um duende. Então declamou a lição do dia com solenidade eclesiástica. "Tenho a impressão de que você vive de maneira mesquinha e solitária. Você devia viver numa escala maior. Não devia ficar satisfeito com merda se pode ter o bolo."

— Eu estava completamente encantado.

— Sei o que você está pensando, petit. Que eu me apaixonei por esse menino que lera sobre sodomia, castração, luta de classes, sexo pervertido violento e que emergia da última página, ainda em posse de uma inocência romântica e comovente, e de uma arrogância que insistia em sua própria inexorável compreensão do mundo. Você acha que estou lhe falando do primeiro amor. Está certo. O menino foi meu primeiro amor. E eu o dele.

— Ele tinha suas próprias idéias. Tinha até mesmo idéias sobre os tipos de livros que eu devia escrever. Ele deu uma olhada em *La maison d'été* e disse que era curto demais. Eu devia visar coisas maiores: "Coisas imensas. Muito mais longas que as coisas que você está escrevendo agora. Deviam ser vastas. Não perfeitas. Nada é perfeito. Se você tentar fazer com que pareçam perfeitas é só fingimento".

— Eu disse que ele era um megalomaníaco literário. Ele não conhecia a palavra. Ele me fez soletrá-la e explicar todas as suas dimensões. Fez com que eu a escrevesse. Pediu-me para contar para ele a história de *Midi*, que eu estava escrevendo. Acho que a tornei mais excitante ao recontá-la. Ele me perguntou por que os personagens jamais podiam ser felizes, ficarem juntos. Expliquei sem hesitação, e sem pensar, que era uma alegoria da homossexualidade. Foi aí que ele me surpreendeu: "O que é uma alegoria?", perguntou, "e por que a homossexualidade deve ser sempre infeliz nos livros? Nos outros lugares, não é assim".

Alucinando Foucault

— Sugeri que fôssemos dar uma olhada nas piscinas de pedra e no seu olhar acusador recebi a reprimenda por minhas evasivas.

— Ele nunca se envolvia em jogos sem sentido ou conversas sem objetivo. Havia sempre uma meta a ser alcançada ou uma informação a ser recolhida. Eu me lembro disso, da assustadora objetividade por parte de quem era apenas uma criança. Eu tinha a mesma incapacidade de perder tempo. Dia após dia percorríamos as pedras, inspecionávamos as fendas cobertas de algas e os túneis, nadávamos na água límpida, quente. Lembro-me de uma vez, quando observava a curva de suas costas enquanto ele estava de cócoras, perscrutando o mar que respirava e se agitava. E reparava na maneira como cada vértebra se achava separada, uma longa cadeia ossuda, frágil, mas indestrutível. Ele era extraordinariamente forte.

— Sim, suponho que me apaixonei por aquela criança. Mas havia algo mais importante. Ficamos amigos. Qual a igualdade possível entre uma criança de onze anos e um homem na casa dos trinta? Amizade, cumplicidade e confiança tornam todas as coisas iguais. Você me faz lembrar dele.

— Mas era apenas uma questão de tempo antes que o pai viesse à procura da criança desaparecida. Os pais suspeitam corretamente de que as serpentes da corrupção espreitam em cada esquina. Ou, neste caso, se estendem até as pedras do verão.

— A cena que ele testemunhou foi bastante tranqüila e inocente. Estávamos jogando cartas e bebendo Badoit à sombra de uma grande pedra cinzenta, uma massa pendente como o nariz de um elefante. Então o pai apareceu de repente, fazendo o papel do terceiro no triângulo, de pé ali no alto. Usava jeans e uma jaqueta leve, creme. Reparei naquele contorno colorido, como se fosse um dos desenhos da criança. Acho que esperava que ele puxasse uma arma. A criança ergueu os olhos rapidamente. Depois se concentrou em suas cartas.

— Este é meu pai — foi tudo que disse.

O pai agachou-se a nosso lado e deu uma olhada em nossas cartas.

— Batido. Você conseguiu — ele disse para o menino, protegendo seus olhos do sol. Era cerca de dez anos mais velho do que eu, polido, bem-apessoado. Reparei num anel dourado de sinete no último dedo de sua mão esquerda. Continuamos a jogar. O menino ganhou.

— Espero que não tenha trapaceado — disse o pai displicentemente.

— Nunca trapaceio, a não ser quando me obrigam — foi a resposta.

Em seguida o pai dirigiu-se diretamente a mim.

— Gostaria de jantar conosco hoje à noite? Vamos para a Itália amanhã. — Olhamos diretamente um para o outro. Eu aceitei. E no mesmo momento compreendi que ele era homossexual.

— Estavam no melhor hotel de Nice. O momento da reversão, da revelação se você quiser, veio nesta noite, nos degraus do hotel. A criança estava esperando por mim, pendurada na balustrada ao lado de uma grande palmeira numa urna romana. Ele estava de sentinela, alerto e tenso como um gato. Mas eu o vi primeiro, e reparei nos cachos penteados, lavados com ouro, as maçãs do rosto rosadas pelo bronzeamento e as sardas, os braços compridos enroscados em volta dos joelhos. Sua ambigüidade subitamente me atingiu com a força do mar contra as grandes pedras. Eu não me equivocara sobre a natureza desta criança. Mas certamente me enganara sobre o sexo dela. Ela saltou da saliência e correu para os meus braços.

— Quando nos despedimos naquela noite ela disse algo que nunca irei esquecer. Em grande parte porque só crianças, crianças como eu mesmo, como aquela menina, mantêm suas promessas. Ela disse: "Se você ama alguém, sabe onde está e o que aconteceu com ele. E você se expõe ao perigo para salvá-lo se puder. Se tiver problemas, prometo que virei salvar você".

Alucinando Foucault

— Acho que esta é a declaração mais estranha e mais romântica que jamais recebi.

— Você virá mesmo? — Perguntei.

— Sim, e quando puder ler francês melhor irei ler cada palavra que você escreve. Serei sua leitora.

— Não foi uma promessa extraordinária, petit? Eles eram ingleses. O pai dela era um homem encantador. Trabalhava no Banco da Inglaterra. Às vezes me pergunto se ela se lembra de mim.

Fiquei ali olhando para Paul Michel, sem fala e terrivelmente assustado. Depois eu disse: — Ela nunca o esqueceu. Manteve sua promessa. Ela me enviou.

Ele ficou sem responder durante algum tempo. Já eram sete horas e a luz estava se atenuando nos barris, nas pedras, nas cordas que sustentavam o café sobre a praia. O mundo ia se transformando em ouro luminoso.

— Oh? Foi mesmo? — Isso foi tudo o que disse.

Naquela noite ele estava inquieto de novo. Eu estava quase dormindo quando eu o vi deixar a cama.

— Qual é o problema?

— Psiu, petit. Vou só descer para tomar uma bebida.

Beijou minha orelha e deu um tapa na minha cabeça. Peguei no sono de novo.

Eram quatro da manhã quando ouvi batidas insistentes à minha porta. Levantei-me tremendo. Paul Michel não voltara. Eu estava sozinho. Era uma voz de mulher na porta. Através de uma bruma de sono e de medo reconheci Marie-France Legras. Ela chamava meu nome. Mas não esperou que eu respondesse, já estava no quarto, chamando e chamando.

— O que é? — Gaguejei.

— A polícia está aqui.

— Paul Michel?

— Temo que sejam más notícias.

Berrei o nome dele e comecei a chorar incontrolavelmente. Já esperava por isso, a cama vazia, o chamado na noite. Sabia que ele não iria esperar por mim. Marie-France me abraçou e sussurrou todas as coisas suaves e consoladoras que teria dito a seu filho. Compreendi que ela também estava chorando. Passaram-se horas antes que me tornasse capaz de encarar a polícia.

A forma como morreu foi bizarra. Ele pegara o carro, embora não tivesse licença para dirigir, e seguira pela estrada costeira de Esterel na direção de Cannes. Não se pode imprimir muita velocidade naquela estrada, até mesmo num carro mais possante do que um 2CV, pois é estreita demais, desigual, com muito vento. Quase não havia trânsito. Uma coruja branca gigantesca, atraída pelas luzes amarelas e pelo carro em movimento, fixou seus grandes olhos no rosto dele e voou na direção do Citroën. A criatura se arrebentou ao atravessar o pára-brisa, mergulhando suas garras no rosto e no pescoço dele. O carro foi arremessado contra o penhasco. Ele morreu instantaneamente. Colocaram-no na maca com o grande pássaro morto enroscado em seu rosto. Algumas semanas mais tarde o inquérito deu como causa da morte os múltiplos ferimentos recebidos com o impacto; morte acidental, morto num acidente de carro, uma morte fútil, diária, banal. Mas a autópsia revelou que ele tinha álcool e paracetamol em quantidade suficiente misturados no sangue para liquidar com várias estrelas de Hollywood. Ele apanhara todas as drogas do armário do banheiro, tudo, até mesmo as pílulas para enjôo de viagem, e engolira com uma garrafa de uísque. Era um milagre que tivesse ido tão longe com o carro quanto tinha ido. Não havia engano. Ele estava decidido a morrer. Saíra à procura da grande coruja branca na estreita fronteira entre as montanhas e o mar.

E então soube o que ele tinha visto, a última visão que teve antes que a escuridão penetrasse em sua vista: o abdome de uma grande coruja branca, com suas asas abertas, iluminadas por baixo, seus imensos olhos amarelos, as pupilas se aguçando em cortes enquanto suas garras batiam no vidro e a cara branca mais adiante, embaçada e ampliada, como que através de lentes poderosas.

Marie-France foi até a FNAC[18] e comprou todos os livros dele.

— Em geral não leio muito. E certamente nunca este tipo de coisa. Gosto de ficção histórica. Mas sinto que devemos isso a ele. Disseram que Le Seuil vai publicar uma nova edição compacta com todos os seus ensaios políticos. Acho que lerei somente os romances.

A polícia me interrogou durante quatro horas. Continuei prostrado, chorando como uma criança. Despejaram garrafas de Evian na minha goela. O gendarme na máquina de escrever corrigiu meu francês. Ele teve de conferir no dicionário como soletrar esquizofrenia.

De manhã cedo no segundo dia recebi um telefonema. Um sotaque inglês muito cuidadoso me intrigou a princípio.

— Alô? É você? Aqui é o dr. Jacques Martel. Seus amigos de Londres me telefonaram em Paris. A polícia também telefonou para o hospital. Por isso tive de vir a Sainte-Anne, no interesse do pai de Paul Michel. Ele está muito doente e senil para compreender que seu filho morreu... Estou no aeroporto... Não se preocupe, vou pegar um táxi. Estou aqui para ajudá-lo com a papelada... Sim... você nem vai acreditar na burocracia. E precisamos agir rápido. Vão liberar o corpo no fim da próxima semana.

— Você tem a autorização necessária? — Eu arquejei, desamparado. — Disseram-me que eu não tinha.

— Acho que sim. Sou o representante legal de Paul Michel. Estarei com você daqui a mais ou menos uma hora.

Sentei-me ao lado do telefone, meu corpo formigando de

---

[18] Rede de livrarias francesa. (N. do T.)

choque e medo. Havia muitos pedaços desta história que eu não sabia, muitas conexões que nunca me haviam sido reveladas. O homem com o sorriso de lobo e dentes afiados tinha sido o eremita da caverna, advertindo-me dos perigos à frente. Eu fôra observado e guiado, em cada passo do caminho. Fui para eles o cavaleiro da Cruz Vermelha, enviado para encontrar a alma que se perdera. Nunca compreendi a natureza e o significado de minha tarefa e agora estava derrotado. Ainda estava sentado no chão ao lado do telefone quando ouvi Baloo latindo nos portões de ferro. Jacques Martel, num terno leve, o paletó sobre o braço, a maleta e a sacola de viagem na outra mão, estava ali de pé, ereto e inflexível como um pinheiro da montanha, do outro lado das grades brancas. Encostei meu rosto no portão de ferro.

— Por que você não me disse quando nos encontramos pela primeira vez? — Eu estava quase gritando.

— Eu lhe disse tudo o que você precisava saber. — Seu tom era calmo, extremamente confiante.

Pensei em minha germanista, sua massa de cabelo encaracolado e seu olhar intenso, de coruja. Senti-me aprisionada pela conspiração.

— Ela também sabia? Também estava metida? Vocês todos fazem parte da coisa?

Baloo latiu para o céu azul.

— Pergunte a ela. — Jacques Martel atravessou calmamente o portão e o cachorro começou a rodear suas pernas, cheirando.

— Não tenha medo.

Ele me deu sua sacola de viagem e pegou meu braço com firmeza profissional.

— Estou aqui agora. Estou aqui para tomar conta de você.

Olhei-o fixamente, agora totalmente aterrorizado. O que acontecera com as pessoas que estavam encarregadas de cuidar dele? Mas era tão fácil me silenciar, dobrar minha histeria. Marie-France continuava dizendo: "Você está doente, teve um choque terrível, perdeu seu amigo". Fui levado ao médico. Não conseguia parar de chorar. Deram-me tranqüilizantes e comecei a ver o mundo luminoso, refrescante, através de um borrão. Eu mal conseguia comer. Jacques Martel tomou conta de tudo. Lembro-me de suas mãos brancas, macias, intocadas pelo trabalho, tirando a caneta-tinteiro do bolso interno do paletó, assinando todos os papéis necessários, levantando o telefone, preenchendo os formulários. Eu lutava contra o torpor e torrentes de lágrimas.

— Você precisa comer. Aqui está uma sopa de legumes. Tente. É muito nutritiva. — Marie-France me asfixiava com preocupação maternal. Seu marido se retirara para seu forno recém-construído e passava as noites inventando pizzas cada vez mais elaboradas e sinistras com coberturas exóticas.

O enterro foi marcado para o dia 12 de outubro. Jacques Martel decidiu enterrá-lo ao lado da mãe no adro da igreja do vilarejo no alto dos vinhedos perto de Gaillac, fora de Toulouse. Fomos então confrontados com extraordinárias questões administrativas, góticas e bizarras. Iríamos alugar um carro fúnebre e dirigir até Toulouse? A cremação em Nice não seria uma opção preferível? Sendo assim, não poderíamos nós mesmos levá-lo, carregando apenas uma urna na mala do carro? Não deveríamos fazer transportar o corpo e contratar os coveiros locais para nos encontrar no aeroporto? Jacques Martel estudou todas as opções.

Artigos, revistas, retrospectivas sobre sua obra começaram a aparecer na imprensa. Marie-France defendeu-me dos jornalistas. Baloo guardava os portões. De qualquer modo eu não tinha nada a dizer. Uma noite, seis dias depois da morte dele, telefonei para o apartamento da germanista na Maid's Causeway. Eu estava perdido e extremamente abatido. Não podia pedir a meus pais para vir. Não conseguia suportar tudo aquilo sozinho. Senti que não tinha ninguém.

— Alô — ela disse animadamente.

— Sou eu.

Ela fez uma pausa. Depois falou: — Eu disse ao seu orientador que você iria se atrasar e deixei um bilhete na universidade.

— Oh, obrigado.

Ela adivinhou logo que eu não estava conseguindo falar.

— Você quer que eu vá até aí?

Comecei a chorar no bocal do telefone.

— Não chore — ela disse, e eu podia ouvir o estalido do seu isqueiro ao telefone.

Ela concordou em abandonar Schiller durante mais ou menos uma semana e enviou um telegrama sem outra informação além do número do vôo.

BA 604. Chegada: Nice 18h30, amanhã.

Eu estava esperando sob a cúpula do grande saguão entre os cães e os guardas de segurança, ainda vestido com a mesma camiseta, jeans e tênis que estava usando quando ele me contou a história do menino na praia. Fiquei olhando para os cachos e os óculos dela quando apareceu por trás do balcão de chegada, como se eu a estivesse vendo pela primeira vez.

Ela chegou bem disposta, animada, ágil, trazendo toda a frieza da Inglaterra. Beijou-me. Depois fez uma segunda inspeção mais cuidadosa.

— Você está horrível — ela disse.

— Eu sei.

— Bem, você conseguiu passar por tudo, pelo que vejo.

Mas não especificou o que é que eu havia atravessado com tanto êxito. Ela carregou sua própria sacola. Também me carregou, por assim dizer. Fui arrastado até a calçada para dentro do calor do início do outono. A luz estava mudando. Ela chamou um táxi.

— Podemos ir de ônibus — sugeri.

— Não seja ridículo. Você não ia agüentar a viagem.

Alucinando Foucault

Ela estava certa. Eu me encostei nela e chorei a viagem toda até a cidade. Jacques Martel ficou encantado ao vê-la. Daí em diante tomaram juntos todas as decisões. Levar o corpo de avião de volta até Toulouse mostrou-se proibitivamente caro. Por algum motivo a passagem de um cadáver custava muito mais do que a de uma pessoa viva. Por isso decidimos viajar em comboio de volta até Gaillac. A tia dele, agora com oitenta anos, ainda lúcida, era sua herdeira. Estava ocupada fazendo os arranjos para o enterro e decidiu que o pecador que tornava à casa deveria receber um enterro católico decente, mas com o mínimo de despesa. Colocou um anúncio nos jornais locais. Mas acabou saindo em toda a imprensa nacional. O padre fôra instruído e recebera ordens estritas para ser discreto ao máximo. Jornalistas e câmeras foram banidos. Ela disse a Jacques Martel que estava muito aliviada porque fôra um acidente de automóvel e não AIDS. Ele ficou furioso, mas manteve o controle ao telefone. Madame Legras disse que era inútil discutir com pessoas como a tia dele, que podiam ser incrivelmente ricas, mas mesmo assim eram camponeses, e certamente não tinham lido nenhum de seus livros. Não a lembrei de que, até a semana anterior, ela também não os havia lido.

Ficou decidido, sem qualquer discussão, que eu não devia estar presente à levée du corps[19]. A germanista me levou a uma exposição das gravuras de Picasso. Pelo resto de minha vida, irei me lembrar daqueles sátiros alongados tocando flautas de Pã e das expressões demoníacas dos Minotauros. Não sabíamos o que fazer com as poucas coisas que ele deixara no quarto. Arrumei todas as suas coisas junto com as minhas e as levei comigo ao voltar para casa.

Eu não estava muito de acordo com o fato de irmos pela autopista. Na Inglaterra, o cortejo fúnebre em geral se faz ao

---

[19] Em francês, no texto. Trata-se da cerimônia religiosa da encomendação do corpo. (N. do T.)

ritmo de uma caminhada. Mas saímos acelerados através da luz brilhante de outono pela faixa mais rápida. As grandes montanhas vermelhas proeminentes do Midi ficaram para trás, as dobras cor-de-rosa do monte Ste. Victoire foram diminuindo atrás de nós. Entramos num engarrafamento na entrada de Arles e dei uma espiada no fundo da caminhonete onde o caixão dele estava guardado com segurança. Podia ser uma caminhonete da polícia levando alguém para a cadeia, ou podia ser o transporte disfarçado de lingotes de ouro. Paramos para o almoço num posto da estrada e deixamos Paul Michel tranqüilamente estacionado sob as perfumadas copas dos pinheiros. Estávamos todos muito sóbrios, muito tranqüilos. Eu continuava me sentindo mal. A germanista estava sempre apertando minha mão. E eu ficava muito grato por isso. A viagem levou o dia inteiro. Chegamos a Gaillac quando a luz já estava declinando nas colinas por trás de Toulouse. A caminhonete desaparecera, deixando-me com uma sensação desalentadora de pânico e perda. Enquanto soube que ele estava viajando conosco eu me sentia obscuramente consolado. Jacques Martel nos alojou no Hôtel des Voyagers, bem na praça de Gaillac.

— Onde é que vão colocá-lo? — Perguntei.

— Na igreja.

— Sem ninguém lá? No escuro?

Jacques Martel ficou me olhando.

— Há sempre velas — ele disse.

Eu quis passar a noite na igreja. Jacques Martel deu de ombros, e saiu do quarto. A germanista sentou-se fumando, com as pernas cruzadas em nossa cama.

— Eu não aconselharia isso — ela disse. — Você vai ficar muito cansado e aborrecido. E em primeiro lugar temos que ir buscar as flores logo de manhã. Depois podemos levá-las até a igreja e ficar esperando lá, se você quiser. Mas você devia ir cumprimentar a tia dele. E precisa estar em forma para isso. Além disso, tenho algo para lhe mostrar.

Alucinando Foucault 181

Eu me sentei desconsolado, com as mãos na cabeça. Depois perguntei: — O que é que você tem para me mostrar? Ela escrevera uma carta para Paul Michel que pretendia colocar no caixão junto com nossas rosas.

— Em geral eles tiram todas as flores e depois as colocam sobre o túmulo. Por isso você tem que insistir para que eles enterrem as rosas. É por isso que você tem que seduzir a tia perversa. No fim de contas, ela tem todos os motivos para lhe ser grata... — Ela planejara tudo.

A carta já estava selada.

— Aqui está uma cópia. É sua. Por isso é importante que você saiba o que eu disse.

— Mas eu não a escrevi.

— Não importa. Finja que foi você. Diz o que você queria dizer a ele.

Li a carta.

> *Cher maître:*
>
> *Eu também fui seu leitor. Ele não foi seu único leitor. Você não tinha o direito de me abandonar. Agora me deixa no mesmo abismo que enfrentou quando perdeu o leitor que amava acima de todos. Você foi privilegiado, mimado; nem todo escritor sabe que seu leitor está bem ali. Sua obra é uma mão estendida no escuro, para um vazio desconhecido. A maior parte dos escritores não tem mais do que isso. E no entanto, como posso reprová-lo? Você também escreveu para mim.*
>
> *Você me deu o que todo escritor dá ao leitor que ele ama: perturbação e prazer. Há sempre duas dimensões em nossa amizade. Conhecemos um ao outro, nos divertimos juntos, conversamos, comemos juntos. Foi dolorosamente difícil deixá-lo. O que mais sinto falta são de suas mãos e de sua voz. Quantas vezes ficamos observando coisas e discutin-*

do o que víamos. Eu adorava isso; seu olhar frio sobre o mundo. Mas a relação mais íntima que tivemos foi a que você construiu quando estava escrevendo para mim. Eu o seguia através da página, página após página. Eu lhe respondi nas margens de seus livros, na folha de guarda, na página de rosto. Você nunca ficou sozinho, nem esquecido, nem abandonado. Eu estava aqui, lendo, esperando. Esta é minha primeira e última carta para você. Mas nunca irei abandoná-lo. Continuarei a ser seu leitor. Continuarei a me lembrar de você. Continuarei a escrever dentro das formas originais que criou para mim. Você disse que o amor entre um escritor e um leitor jamais é celebrado, nunca se pode provar que existe. Isto não é verdade. Eu voltei para encontrar você. E quando o encontrei não desisti de você. Nem irei fazê-lo agora. Você me perguntou o que eu mais temia. Nunca tive medo de perdê-lo. Porque nunca deixei que você se fosse. Você sempre terá toda minha atenção, todo meu amor. Je te donne ma parole. Eu lhe dou minha palavra.

— E então?

Atrás de suas lentes ela não se mostrava mais tão confiante de que fizera a coisa certa. Mas escrevera a verdade. Aquilo estava dito de maneira bem simples. Eu o amara terrivelmente. E agora ele estava morto. Eu agarrei seus ombros e urrei.

— Ele nunca vai ler isso. Está morto. Está morto. Está morto.

Ela me embalou em seus braços durante algum tempo. Depois disse com veemência: — Como é que você sabe que ele nunca irá ler isso?

Não havia resposta.

Alucinando Foucault

Na manhã seguinte ela saiu com seu cartão de crédito e comprou quatrocentos e oitenta francos de rosas. A carta foi atada em volta dos talos, amarrada com cordão e escondida dentro de uma enorme massa de folhagem. Jacques Martel nos guiou até a casa. De repente soube que eu iria reconhecer os portões, as linhas compridas dos choupos, já se curvando; iria me lembrar da casa com seus tijolos estreitos e a fila simétrica de janelas losangulares sob os entalhes recuados da cornija, debaixo dos beirais sem calhas. Eu já conheceria as linhas compridas das vinhas e suas cores mutáveis. As lembranças dele se tornaram minhas. Eu olharia para os muros vermelhos do cemitério na colina, reconheceria a cruz cinza desgastada no mausoléu da família, ocupando o ponto mais alto no cemitério. Conheceria o lugar para o qual o estavam carregando para ficar por fim e para sempre ao lado de sua mãe e do homem cujo nome ele trazia, o homem a quem ele chamava seu avô, Jean-Baptiste Michel.

Sua tia era pequena, curvada pelo reumatismo e muito desconfiada. Estava de pé entre os restos da herança de família de Michel, velhos e pesados aparadores, armários, cômodas, uma poltrona barata e castigada com horríveis almofadas de náilon, colocada diante da vasta tela opaca da televisão. Seu rosto era fechado e mesquinho. Estava vestida de preto. Olhou para nós por mais tempo do que se podia considerar polido. Depois pegou minha mão com relutância e não nos pediu para sentar. Em vez disso pôs-se a procurar seu casaco, suas chaves. Cada uma das portas foi cuidadosamente fechada antes que deixássemos a casa pelo portão dos fundos e tomássemos o caminho pelos campos até a igreja. Segui Paul Michel até seu passado. Refiz seus passos.

Era um dia claro, fresco com um vento brando. A igreja era pequena e escura, cheia de flores. Estávamos adiantados quase uma hora para o funeral, mas os coveiros já estavam ali, lustrosos como gângsters com óculos escuros e luvas pretas. Também havia muitos carros, quase todos com placas de

Paris. Apertei a mão de pessoas que jamais vira antes. Eram todos jovens. Eu nem conduzi o caixão até que entrássemos na igreja. Era de rica nogueira marrom, da cor do bronzeado dele, com alças ornadas, prateadas. Estava coberto de flores. A germanista entrou em ação. Caminhou cuidadosamente ao lado da tia depois a ultrapassou completamente e se dirigiu sozinha até os coveiros. Eu a vi sussurrando ao necrófilo encarregado. Ele reuniu as rosas, inclinou-se diante do altar com as flores nos braços e depois, tranqüilamente, refez o arranjo do caixão inteiro de modo que as rosas cobrissem a placa sobre o peito de Paul Michel. Eu tive grande dificuldade em imaginá-lo ali dentro. Era como se estivesse sendo internado para sempre.

Ela deslizou até o banco a meu lado e encostou sua boca no meu ouvido. A igreja estava ficando cheia.

— Está tudo OK. Já resolvi. Vão enterrar as rosas com ele. Dei-lhes duzentos francos.

Ela era engenhosa, mas não tinha vergonha.

Não consigo me lembrar de muita coisa sobre a cerimônia. Não podia acompanhar o que o padre dizia. Ele falou sobre a família e sobre como Paul fôra criativo e listou seus numerosos serviços à cultura francesa. Falou sobre sua trágica morte prematura e não mencionou o fato de que era homossexual ou de que fôra internado num hospício. Sua versão de Paul Michel soava inverossímil e inconsistente. Mas eu estava infeliz demais para me importar. Reparei, no entanto, nas palavras do hino que ele escolhera.

Et tous ceux qui demeurent dans l'angoisse
ou deprimés, accablés par leurs fautes,
Le Seigneur les guérit, leur donne vie,
leur envoie son pardon et sa parole[20].

[20] "E todos aqueles que permanecem na angústia / ou deprimidos, prostrados por seus erros, / O Senhor os cura, lhes dá vida, / lhes envia Seu perdão e Sua palavra." (N. do T.)

E agarrei-me a isso porque fôra a última promessa que a germanista fizera a ele. Eu lhe dou minha palavra. Quando chegou a hora de dizer adeus e cada pessoa presente aspergiu água benta nas flores que cobriam o caixão, compreendi que havia muito mais gente esperando do lado de fora da igreja do que os que puderam entrar. O cortejo não tinha fim. Havia alguns casais, mulheres e homens juntos, mas a maior parte homem.

Nós subimos a colina até o cemitério, a procissão completamente desorganizada, colorida, caótica. Eu chorava em silêncio; uma dor imensa, informe, me envolvia em seus braços. A germanista agarrou-me firmemente pela cintura, mas seus olhos jamais abandonaram as rosas, balançando acima dos ombros dos seis coveiros arquejantes, que estavam achando a colina mais difícil de transpor do que tinham esperado. Não caberíamos todos no cemitério. Olhei para trás. Na manhã ensolarada de outubro, estendendo-se até lá embaixo da colina, havia uma fila comprida, irregular de peregrinos, seguindo Paul Michel.

Se você pertence a uma família rica, não é enterrado na terra. Uma imensa laje de granito fôra removida da câmara mortuária da família. Ele devia ficar encaixotado para sempre no concreto. Eles colocam um caixão em cima do outro. Eventualmente eles apodrecem. Apertei a mão dela. Infelizmente estávamos na frente da procissão e eu podia ver perfeitamente o que estava acontecendo. O padre começou o salmo. Suas palavras dissiparam-se no vento. Todas as pessoas a meu redor entoaram: "Pour toi, Seigneur...". Eu estava atento ao assobio sem sentido da velha tia. Mas todos pareciam saber o que cantar. O caixão se chocou contra as paredes musgosas de concreto com um ruído áspero enquanto as cordas desciam. Os homens tinham pouco espaço para se mexer. Os túmulos se comprimiram uns contra os outros. Eu podia ver uma forma escura, sinistra, recente, esperando no fundo. Lá estavam eles, um em cima do outro, sua mãe, seu avô, sua avó sussurrante, e Paul Michel.

— Não há túmulo, nenhum túmulo verdadeiro, nenhuma terra — eu sibilei, desesperado.

— Está tudo bem — ela disse calmamente. — Ele gostava das cidades. É apenas mais concreto. E as rosas irão durar mais.

Ele estava certo a respeito da intensidade dela, de seu sentido de objetividade e seu completo destemor. Compreendi então por que ele se sentira atraído pelo menino na praia. Eles pertenciam à mesma espécie, os que vêem o mundo com olhos frios. Caminhamos de volta para a casa no meio de uma multidão de discípulos sombrios, concentrados. Uma turma de fumantes estava encolhida sob o muro do cemitério. Jacques Martel conduzia a tia pelo braço e o padre marchava à nossa frente. Os coveiros, como os soldados de César, guardavam o sepulcro. A multidão partiu antes de nós. Eu via apenas um borrão de rostos. Éramos tratados como se fôssemos da família. A tia puxou o rosto de Jacques para perto dela.

— Quem são todas essas pessoas? — Perguntou.

Mas foi a germanista que respondeu. Ela como que se materializou do outro lado de madame Michel.

— São os leitores dele — ela disse.

Madame Michel deu uma espiada na massa com desconfiança indisfarçada. Seu sobrinho errante ganhara uma porção de bom dinheiro e de má publicidade. Ela não estava nem surpresa nem convencida.

Voamos de volta para Londres de Toulouse no dia seguinte. Eu perdera uma semana do período letivo. A germanista dissera simplesmente que eu estava doente, de modo que todo mundo se mostrou simpático com meu estado de abatimento, o qual foi atribuído a uma gripe e à intoxicação alimentar.

Nas semanas seguintes contei tudo para a germanista. Eu precisava falar. Mas houve uma passagem na história que

Alucinando Foucault

187

jamais contei: o encontro de Paul Michel com o menino na praia. Jamais contei essa história porque era o segredo dela, o pacto secreto que tinha com ele. Mas li e reli a carta dela para Paul Michel. Agora entendo o código. A carta poderia ter sido escrita por qualquer um de nós dois. Ela cumprira sua palavra. Agora era minha vez de cumprir a minha.

Escrevi minha tese em grande parte de acordo com as linhas que traçara originalmente. Não incluí uma seção biográfica. Nem mesmo contei a meu orientador que eu havia conhecido Paul Michel. Não mencionei nada em meus agradecimentos. Aquele verão foi como uma pedra da calçada arrancada de minha vida, um espaço em branco. Contei a meus pais, naturalmente. Ficaram um pouco chocados por eu ter me envolvido tão intimamente com alguém que era claramente instável e a quem nunca tinham encontrado. Mais uma vez, pediram para que eu lhes apresentasse a germanista. Pedi a ela que fosse até minha casa comigo. Ela se recusou, e me disse, com agressividade desnecessária, para nunca mais convidá-la de novo.

Nos anos seguintes obtive uma bolsa-júnior de pesquisa na minha velha universidade e ganhei o Prêmio Foucault de Viagem. Gastei meu dinheiro viajando pela América. Mais tarde, consegui um emprego no departamento de francês numa das universidades de Londres. E costumo fazer palestras sobre Paul Michel. A germanista foi trabalhar no arquivo Goethe-Schiller em Weimar. Escrevemos um para o outro durante mais ou menos um ano. Depois perdi o contato. Às vezes vejo os títulos dos artigos que ela publicou no *Anúario de Estudos Germânicos*. Alguém me disse que ela está escrevendo uma biografia de Schiller e publicando uma nova edição da Goethe-Schiller *Briefwechsel*[21]. Sem dúvida vou comprar um exemplar quando aparecer nos catálogos.

---

[21] Em alemão no texto. *Goethe-Schiller Briefwechsel*: a correspondência entre Goethe e Schiller. (N. do T.)

Tento não pensar nele. Trabalho simplesmente nos textos. Mas há um sonho ruim que sempre volta, que aparece recorrentemente. O detalhe do meu sonho tem uma intensidade alucinatória, de que não posso me livrar. É inverno e os campos de milho foram cortados. Tudo que ficou foram as linhas ásperas das hastes amarelas, quebradiças, grossas e difíceis de transpor. Vou tropeçando por um campo imenso e desolado, onde os restos da colheita estão queimando. Faz um frio terrível. As fogueiras no meio do restolho queimam desigualmente, em alguns lugares há apenas cinzas pretas fumegando, outros estão intocados, endurecidos pela geada, mas adiante o vento carrega a chama para baixo da fileira, através das aléias secas crepitantes de milho esmagado, descartado. Bem longe, na margem do campo, vejo uma linha comprida de choupos e atrás um céu pálido, luminoso, de um bege esmaecido. Então através da fumaça e das fogueiras espalhadas vejo Paul Michel de pé, me observando. Ele não se mexe. Faz um frio terrível. Não está usando nem casaco nem luvas, sua camisa está aberta no peito. Ele permanece entre as fogueiras, me observando. Ele nem se mexe nem fala. Faz um frio terrível. Nunca o vi no inverno. Só o conheci durante uma estação. Cambaleio em sua direção, mas nunca consigo me aproximar. Então vejo que há mais alguém presente no campo. A forma de um homem, bem afastado, atrás de Paul Michel, cintila através da fumaça das fogueiras do restolho. Não posso distingui-lo. Não sei quem é. A cena se congela diante de mim como uma pintura que jamais penetrarei, uma cena cujo significado permanece inalcançável, obscuro.

Sempre acordo tremendo, arrasado, sozinho.

Paul MICHEL	Michel FOUCAULT

n. 15 de junho de 1947	n. 15 de outubro de 1926
Toulouse	Poitiers
Educado no Collège St.	Educado no Collège St.
Bénédict	Stanislaus
1966-70 Ecole des Beaux-	1946 Ecole Normale
Arts. Estudou pintura	Supérieure
e escultura	
1968 *La fuite* (trad. bras.	1948 Primeira tentativa de
A fuga)	suicídio
1974 *Ne demande pas:*	1961 *História da loucura*
roman (trad. bras.	
Não pergunte)	
1976 *La maison d'été*. Prix	1966 *As palavras e as*
Goncourt (trad. bras.	*coisas*
A casa do verão)	
1980 *Midi: roman* (trad.	1969 *Arqueologia do saber*
bras. idem)	
1983 *L'évadé: roman*	1975 *Vigiar e punir*
(trad. bras. *O*	
fugitivo)	
Diagnosticado	1976 *História da*
esquizofrênico:	*sexualidade*
internado no Hôpital	1984 *O cuidado do eu, Os*
Sainte-Anne, Paris,	*usos do prazer*
junho de 1984	
Morto num acidente de	Morre com AIDS, Paris, 26
automóvel, Nice, 30	de junho de 1984
de setembro de 1993	
Enterrado em Gaillac	Enterrado em Poitiers

190   Patricia Duncker

ESTE LIVRO FOI COMPOSTO EM SABON PELA
BRACHER & MALTA, COM FOTOLITOS DO BU-
REAU 34 E IMPRESSO PELA BARTIRA GRÁFICA
E EDITORA EM PAPEL PÓLEN SOFT 80 G/M² DA
CIA. SUZANO DE PAPEL E CELULOSE PARA A
EDITORA 34, EM OUTUBRO DE 1998.